MOEWIG BEI Ullstein

ZUM BUCH:

Das Schwert des Chaos ist der zweite Band mit Erzählungen aus dem Darkover-Universum. Wieder hat Marion Zimmer Bradley liebevoll aus der Zahl von Darkover-Geschichten die besten ausgewählt. Die einzelnen Autorinnen behandeln sachkundig und spannend einzelne Aspekte des Lebens auf Darkover, denen sich Marion Zimmer Bradley in ihren Romanen nicht so ausführlich gewidmet hat.

ZUR HERAUSGEBERIN:

Marion Zimmer Bradley, Jahrgang 1930, entdeckte ihre Liebe zur Science Fiction-Literatur bereits im Alter von 16 Jahren. Ihre erste eigene Story erschien 1953 in dem Magazin *Vortex SF,* und schon ihr erster Kurzroman *Bird of Prey* (1957) war nicht nur ein Volltreffer – er legte auch den Grundstein für den großangelegten Zyklus um *Darkover,* den Planeten der blutroten Sonne, mit dem die Autorin zu Weltruhm gelangte.
Mit zunehmendem Erfolg und der damit verbundenen Selbständigkeit dem Zwang zur SF-Massenproduktion entronnen, konnte Marion Zimmer Bradley die Qualität ihrer Romane immer weiter verbessern und auf die Probleme eingehen, die ihr am Herzen liegen – so die Stellung der Frau in der SF und die Beziehungen der Geschlechter unter völlig neuen Bedingungen. Heute ist Marion Zimmer Bradley die mit Abstand bekannteste, erfolgreichste und beliebteste SF-Autorin der Welt. Um ihre *Darkover*-Romane hat sich längst ein regelrechter Kult gebildet, der auch in Deutschland immer mehr Anhänger gewinnt.

MARION ZIMMER BRADLEY (Hrsg.)

Das Schwert des Chaos

LEGENDEN AUS DEM BERÜHMTEN
DARKOVER-ZYKLUS

MOEWIG BEI Ullstein

Moewig bei Ullstein
Amerikanischer Originaltitel:
Sword of Chaos
Übersetzt von
Rosemarie Hundertmarck

Ungekürzte Ausgabe

Umschlagentwurf:
Theodor Bayer-Eynck
Umschlagillustration:
Silvia Mieres

Printed in Germany 1993
Druck und Verarbeitung:
Ebner Ulm
ISBN 3 8118 3702 8

September 1993
Gedruckt auf
alterungsbeständigem Papier
mit chlorfrei
gebleichtem Zellstoff

Von derselben Autorin
in der Reihe
Moewig bei Ullstein:

Die Jäger des Roten Mondes (63528)
Die Flüchtlinge des Roten Mondes (63540)
Reise ohne Ende (63548)
Der verbotene Turm (63553)
Die Zeit der hundert Königreiche (63584)
Landung auf Darkover (63653)
Zauberschwestern (63884)
Hasturs Erbe (63515)
Die Monde von Darkover (63883)
Herrin der Falken (63886)

Die Deutsche Bibliothek –
CIP-Einheitsaufnahme

Das Schwert des Chaos: Legenden
aus dem berühmten Darkover-Zyklus /
Marion Zimmer Bradley (Hrsg.). [Übers.
von Rosemarie Hundertmarck]. –
Ungekürzte Ausg. – Rastatt:
Moewig bei Ullstein, 1993
Einheitssacht.: Sword of chaos <dt.>
ISBN 3-8118-3702-8
NE: Bradley, Marion Zimmer [Hrsg.]; EST

Inhalt

Einführung

Vor rund fünfunddreißig Jahren erfand ich den Planeten Darkover und habe seitdem, als Mädchen und als Frau, darüber geschrieben. In den letzten Jahren wurde mir die einzigartige Freude zuteil, daß meine Welt von anderen Schriftstellern übernommen wurde - ein sicheres Zeichen, daß sie ihre eigene Realität angenommen hat und daß Darkover jetzt wie Sherlock Holmes' London, die Brücke des Raumschiffs *Enterprise* und Mittelerde in jener Region des Geistes tatsächlich existiert, die John Myers Myers in seiner großartigen Fantasy-Geschichte *Silverlock* „das Commonwealth" nannte - in dem Land der Literatur. Oder, um es anders auszudrücken, Darkover existiert auf einer anderen Ebene der Realität und Meta-Realität, vielleicht auf der astralen, und dort folgen die Personen, die ich geschaffen habe, weiter ihrem Geschick, auch nachdem ich aufgehört habe, über sie zu schreiben, weil sie für andere Schriftsteller leben.

Don Wollheim, der viele Jahre lang der erste Freund Darkovers und der hilfreichste der Verleger gewesen ist, hat diesem Phänomen zum Durchbruch verholfen, nicht nur, indem er mich drängte, mit der Darkover-Serie fortzufahren, als ich unentschlossen war, sondern auch, indem er den ersten Band Erzählungen von mir und anderen Autoren, *The Keeper's Price,** veröffentlichte und mir dann grünes Licht für einen zweiten Band gab. Als ich dies über die Freunde Darkovers bekanntgab, wurde ich prompt mit Geschichten überschwemmt. Die Qualität reichte vom ganz Professionellen bis zum offenkundig Amateurhaften; die Autoren schwankten altersmäßig zwischen zwölf und Bürgern im Seniorenalter. Ich habe für diesen Band über sechzig Geschichten gelesen, und ich hätte doppelt so viele ankaufen können, wie ich es tat. In einigen Fällen war die Entscheidung richtig schmerzlich. Zum Beispiel wünschte ich mir sehr, den Lesern eine Geschichte von Patricia Floss mit dem Titel „Die andere Seite des Spiegels" zu präsentieren. Diese Geschichte, in einer Amateur-Zeitschrift veröffentlicht, machte einen so echt „darkovanischen" Eindruck, daß mehrere Fans erklärten, wäre sie unter meinem Namen erschienen, hätte niemand einen Unterschied entdeckt. Für mich selbst gewann Pattys Geschichte so viel Leben, daß ich, als ich *Sharras Exil* schrieb, schlicht voraussetzte, die im „Spiegel" geschilderten Ereignisse hätten tatsächlich zwischen *Hasturs Erbe* und *Sharras Exil* stattgefunden.

Unglücklicherweise ist Pattys Werk eine Novelle von 30 000 Wörtern, und wegen des wohlbekannten Mangels an Elastizität bei den Drucklettern hatte mir Mr. Wollheim für diese Anthologie eine obere Grenze von 90 000 Wörtern gesetzt. Ich hatte nicht das Recht, ein Drittel des verfügbaren Raums einem einzigen Autor zu geben – nicht einmal mir selbst!

Da so viele Arbeiten eingereicht wurden, war es mir möglich, eine strenge Qualitätsauslese zu halten. Ich glaube nicht, daß man bei irgendeiner Geschichte in dieser Anthologie Zugeständnisse machen muß, nur weil sie – mit wenigen Ausnahmen – von noch nicht veröffentlichten Autoren stammt. Es sind einfach die ersten oder zweiten Erzählungen knospender Profis, die zufällig mir die Ehre angetan haben, ihre Arbeit in meinem Universum zu beginnen. Danach werden sie, daran zweifele ich nicht, in ihr eigenes überwechseln. Zwei der Mitarbeiter an *Der Preis des Bewahrers* haben es bereits getan, und bestimmt werden die Autoren dieses Bandes ihrem Beispiel folgen.

Marion Zimmer Bradley

Der Legenden-Zyklus

Zwischen der Landung des „Verlorenen Schiffes" von Terra und der Zeit, als die Comyn und die großen Türme Darkovers ihre auf Laran *beruhende Kultur schufen, liegt ein tiefer Abgrund, der nur von Legenden überbrückt wird. Der große Legenden-Zyklus Darkovers handelt von Hastur und Cassilda. Hastur, Sohn Aldones, des Herrn des Lichts, begegnete Cassilda, der Tochter einer menschlichen Frau und eines* Chieri, *und von ihrem Sohn stammt die ganze Hastur-Sippe ab, die Nachkommen der Götter. Die darkovanische Religion kennt vier Hauptgötter: Aldones, den Herrn des Lichts, Evanda, die Göttin des Lebens, des Frühlings und all dessen, was wächst, Avarra, die dunkle Mutter der Geburt und des Todes, und Zandru, den Herrn des Feuers, des Wissens um Gut und Böse und der Entscheidung.*

Der Ursprung all dieser Dinge verliert sich irgendwo im Abgrund der Zeit zwischen den Kolonisten und der Periode, die wir heute das Zeitalter des Chaos nennen. Irgendwo in dieser Spanne liegt ein fernes Goldenes Zeitalter, die hohe Zeit der Türme. Terry Tafoya in Legende der Hellers *und Jane Brae-Bedell in* Die dunkle Dame *haben sich diese legendäre Zeit in der Geschichte Darkovers für ihre Erzählungen ausgesucht.*

Jane Brae-Bedell

Die dunkle Dame

Dark Lady

Nach der Legende wird Avarra, die dunkle Herrin der Nacht und des Todes, von einer sterblichen Frau begleitet, von Eadar, der Dame des Trostes, deren Name „Dazwischen" bedeutet ... Wie sie die Dienerin der Göttin wurde, ist auch eine Legende ...

Der Wachturm von Buchan stand generationenlang im Caol oder Fjord von Altyre in der Aillard-Domäne. Stark gebaut aus Steinen und gut bearbeiteten, massiven Hölzern, erhob er sich auf dem steilen Hang, als sei er dort gewachsen. Seine gewölbten Hallen waren mit dicken Gobelins behangen, gewebt aus der feinen Wolle der Buchan-Schafe, und Felle dieser Tiere bedeckten die Granitböden. Die zum Meer hin gelegene Seite des Turms fiel senkrecht ab, eine nackte Wand, nur von wenigen Fenstern unterbrochen, die gegen das Toben der oft stürmischen See fest mit Läden verschlossen waren. Landeinwärts führte am Nordhang des Fjords eine Reihe von breiten, ummauerten Terrassen nach oben, geschützt vor der salzigen Gischt von der Masse des Gebäudes. Im Sommer wuchsen auf diesen Terrassen alle möglichen Gemüse und Blumen, denn die südliche Strömung des Meeres schuf hier ein mildes Klima, und die Sommer waren sanft und friedlich, die Luft war klar und das Meer ruhig.

Unter den damals lebenden Menschen konnte sich niemand erinnern, daß einmal kein Torcall von Buchan in dem Turm gelebt hatte. Der Name, vom Vater auf den Sohn in einer langen, selten unterbrochenen Reihe weitergegeben, war der gleiche wie der des Turms, und beide waren ein Symbol der guten Ordnung, die der Haushalt und die verbündeten Grundbesitzer als natürlichen Zustand der Dinge in Caol Altyre betrachteten.

An einem Spätsommertag, als der Herbst sich schon ankündigte und die Blätter begannen, sich zu Gold und Rot und königlichem Kupfer zu verfärben, lag der Torcall von Buchan, ein hochgewachsener, gutgebauter junger Mann von achtundzwanzig Jahren, in seinem Turmzimmer im Sterben. Die Heilerinnen waren gerufen worden und wieder gegangen, ohne ein Mittel gegen die Krankheit zurückzulassen, die den jungen Körper vernichtete. Bei Tag und Nacht saß jemand bei ihm, hielt seine fieberheiße Hand, drängte ihn, zu essen und zu trinken. Roualeyn, seine Mutter, die vor langer Zeit aus dem Hochgebirge gekommen war, um sich das Meer anzusehen, und als Frau des Torcall von Buchan blieb, war da; seine Kinderfrau, die alte, verrunzelte Ailean, die den Vater des Jungen zusammen mit ihrem eigenen Sohn genährt hatte, hielt jetzt Wache bei ihrem liebsten Schützling, und beide wechselten sich ab mit Eadar, Torcalls jüngster Schwester. Sie war erst fünfzehn, ein großes, schlankes Mädchen mit Augen so grün wie das Meer im Sommer und Haaren so schwarz wie die lauen Sommernächte. Torcall war ihr von all ihren Brüdern und Schwestern der liebste.

„Komm, Kind, ich setze mich eine Weile zu ihm. Du gehst so lange zu deiner Frau Mutter." Ailean zog Eadar behutsam auf die Füße. „Geh jetzt." Sie machte es sich in dem Sessel neben Torcalls Bett bequem.

Gehorsam suchte das Mädchen die Kammer ihrer Mutter auf.

„Oh, komm herein, Eadar. Ich habe gerade die wollenen Röcke durchgesehen, die Shonnag im letzten Winter getragen hat. In diesem Jahr müßten sie dir passen. Shonnag ist hinausgewachsen." Roualeyn hielt Eadar einen karierten Rock an die Taille. „Wie ich es mir dachte. Für dich gerade richtig, bis auch du zu groß dafür wirst." Sie begann, Kleidungsstücke aus einer hölzernen Sommertruhe zu räumen, deren feste Scharniere und schwerer Deckel schädliche Insekten fernhielten. Eadar half ihr, die süß nach Harz duftenden Holzstückchen auszuschütteln, sah jedes Stück durch und legte es zusammengefaltet auf das Bett.

Einmal berührten sich die Hände von Mutter und Tochter über einer herrlich gestrickten, mit Pelz besetzten Jacke. Ihre Blicke begegneten sich und hielten sich fest, aber als Eadar den Mund öffnete, um Worte des Trostes zu sprechen, schüttelte Roualeyn schwach den Kopf. Die Tränen, die Verzweiflung waren ihr so nahe, daß ein Wort den zerbrechlichen Frieden dieses Augenblicks hätte vernichten können. Roualeyn lächelte und fuhr fort, Kleider zusammenzufalten.

Tage vergingen, und mit Torcall wurde es nicht besser. Er hatte seine Kraftreserven erschöpft und lag bald im Koma, bald im Fieberdelirium.

Eadar war an einem graugelben Abend bei ihm. Die Sonne versank boshaft im glasigen Meer. Das Mädchen hatte ihm Gesicht und Hals mit kühlem Wasser gewaschen, da dies seine Qualen etwas zu lindern schien, und ging kurz hinaus, um das warme Wasser in ihrer Schüssel gegen kaltes auszutauschen.

Als sie zurückkehrte, erschrak sie, denn eine fremde Frau saß an Torcalls Bett.

„Oh! Ich bitte um Verzeihung!“ Eadar blieb im Eingang stehen. „Seid Ihr eine der Heilerinnen?“

Die Frau blickte unter der Kapuze ihres dunkelblauen Mantels zu ihr auf. Ihr Gesicht war dünn und blaß, die zarten Knochen waren unter der durchscheinenden Haut beinahe sichtbar. Silbrig-weißes Haar war aus einer hohen, glatten Stirn zurückgestrichen. Die Bogen der Wangenknochen schwangen sich zu feingeschnittenen Nüstern herunter, und der Mund war voll, aber blutleer. Dann sah Eadar in ihre Augen.

Sie waren farblos wie Wassertümpel, die unparteiisch sowohl die Sonne als auch die Monde widerspiegeln, und schienen schwach von innen zu leuchten. Sie waren zu groß für das zarte Gesicht und schienen noch zu wachsen, während Eadar in ihre flüssigen Tiefen starrte. Mehrere Herzschläge lang blieben die beiden Frauen so, verbunden durch den Anblick ihrer Augen. Dann blinzelte die Fremde langsam und zerstörte den Zauber.

Von ihm befreit, blinzelte auch Eadar in ihrer Verwirrung und kam zögernd weiter ins Zimmer.

Die Dame wies auf die Schüssel, die Eadar, ohne es zu wissen, noch in den Händen hielt. „Was tust du, Kind?“

Verblüfft senkte Eadar den Blick und hob ihn wieder. „Wasser. Ich ... ich wasche Torcalls Gesicht mit kühlem Wasser. Es tut ihm gut, er ist dann nicht so unruhig.“

Sie stellte die Schüssel auf den Tisch neben dem Bett.

„Du mußt Eadar sein, die jüngste.“ Die Stimme der Dame war tief für eine Frau, reich an Untertönen und Harmonien, doch trotz ihrer Wärme irgendwie herzzerreißend traurig.

„Ja, *Domna,* die bin ich.“ Die Neugier machte Eadar plötzlich kühn. „Bitte, und wer seid Ihr? Gehört Ihr zu den Heilerinnen?“

Die Dame lächelte sanft, die Augen in die Ferne gerichtet,

bevor sie ganz leise antwortete: „Ja, ich glaube, man könnte sagen, daß ich eine Heilerin bin." Sie wandte den Kopf und sah wieder Eadar an. „Du kannst mich ... Akhal nennen, wenn du möchtest."

Eadar lächelte schüchtern, von einer unerklärlichen Sympathie für diese fremde Dame erfüllt.

„*Domna* Akhal."

„Eadar." Akhal lächelte zurück.

Torcall drehte sich auf seinem Bett zur Seite und seufzte. Sofort kniete sich Eadar zu ihm. Sie beruhigte ihn mit ihrer Stimme und ihrer kühlen Hand auf seiner schweißbedeckten Stirn.

Flehend wandte sie sich Akhal zu.

„Es wird nicht besser mit ihm. Nichts, was wir tun, hilft. Könnt Ihr ihm helfen, Lady, bitte?" Sie betrachtete ihres Bruders Gesicht, von der Krankheit zu Haut und Knochen abgezehrt, und neue Tränen sammelten sich in ihren Augen. „Ich würde alles tun, alles geben, wirklich alles, um ihm das Leben zu erhalten."

„Alles, Eadar?" fragte Akhal leise.

Eadar blicke in das gefährlich ruhige Gesicht und schwamm von neuem in den kristallinen Tiefen der bodenlosen Augen.

„Alles!" flüsterte sie entschlossen, und die Tränen liefen ihr über die Wangen.

„Nun gut, mein Kind, ich schlage dir einen Handel vor. Für jeden Tag, den du bei mir, in meinem Dienst, verbringst, werde ich deinem Bruder ein Jahr seines Lebens in gutem Gesundheitszustand zurückgeben. Aber ..." – sie hob ihre schlanke, sechsfingrige Hand – „... du mußt in jedem Augenblick bei mir sein, ohne Ausnahme, ganz gleich, wohin ich gehe oder was ich tue, oder der Handel ist nichtig."

Eadar sah sie mit großen Augen an. „Wer seid Ihr, daß Ihr so etwas tun könnt?"

Die Dame seufzte. „Kennst du mich nicht, Kind? Meine Tochter führte die Aufsicht bei deiner Geburt ... aber laß nur. Sagen wir einfach, ich habe die Macht, eine solche Vereinbarung zu treffen. Ich brauche deine Antwort, Tochter von Buchan."

Kein Laut war zu hören - sogar das unaufhörliche Gemurmel der See verstummte -, als die Zeit für die lange erwartete Antwort den Atem anhielt.

Eadar straffte ihr Kinn und kniff die Augen zusammen. Die Tränen trockneten auf ihrem jetzt stolz erhobenen Gesicht. Sie antwortete: „Abgemacht, *Domna.* Ich will Euch im Austausch für meines Bruders Leben dienen."

„Ganz wie dein Vater; du bist wahrhaftig seine Tochter. Geh, hole deine Mutter, denn wir müssen es ihr sagen und aufbrechen, bevor die Sonne untergeht."

Als Eadar das Zimmer verließ, sah sie nur ihren Bruder an, und so entging ihr, daß auch in den merkwürdigen, nichtmenschlichen Augen der Dame Tränen standen.

„Eadar", erklang ein geisterhaftes Flüstern. „Ich habe so lange gewartet ..."

„Ihr habt ihr nie einen Namen gegeben, *Domna?*"

„Nein." Akhal lächelte. „Denn niemand als du kann und wird sie jemals reiten. Deshalb ist die Namensgebung deine Sache."

Eadar klopfte den Hals ihrer Stute. „Nun, da du hell bist, aber nicht ganz weiß, werde ich dich Bhan nennen. Das heißt ‚hell' in der alten Sprache des Gebirges."

„Dann ist dies Liath, weil sie grau ist."

Eadar ritt hinter ihrer neuen Herrin den schmalen, aber glatten Weg hinunter, der vom Turm durch das Dorf von Buchan-in-Altyre und dann in die Berge führte. Das Mädchen fürchtete sich ein bißchen davor, ihr Zuhause zu verlassen, denn sie war noch nie weiter weg gewesen als ins

Dorf, aber das wachsende Gefühl, ein großes Ziel zu haben, milderte ihre Angst. Immer schon, so kam es ihr vor, hatte sie nicht gerade ungeduldig gewartet, aber jedenfalls darauf gewartet, daß ihr Leben eine eigene Bahn einschlug, und jetzt geschah es. Sie fühlte sich an diese fremde Dame, die schweigend vor ihr ritt, durch mehr gebunden als nur den Handel um ihres Bruders Leben. Die Gezeiten ihrer Seele näherten sich der Flut.

Eadar verlor sich in ihre Gedanken, die Augen auf die dunkelblaue Kutte gerichtet, die Kopf und Gesicht ihrer Herrin verbarg. Der glatte, ebene Weg verwandelte sich so allmählich in Nebel, daß sie es nicht merkte. Der Nebel umfloß schnell die Hufe ihrer Pferde, wallte in der zunehmenden Dämmerung wie ein grauer Geist an ihnen vorbei. Die Schritte der Pferde klangen gedämpft durch die Dunkelheit.

So allmählich, wie sie verblaßt war, wurde die Welt um sie wieder fest, und zu ihrer Linken schimmerte ein schwacher Schein durch die Nacht. Liath schlug diese Richtung ein, Bhan folgte ihr wie gelenkt, aber Akhals Körper blieb unbeweglich.

Eadar richtete sich im Sattel auf und blickte ringsum. Sie ritten durch die Außenbezirke einer ziemlich großen Stadt. Zu beiden Seiten der Straße standen die Wohnhäuser dicht bei dicht. Die Häuser sahen ganz normal aus, es war nichts Bemerkenswertes an ihnen, und doch waren sie alle irgendwie unwirklich. Es fehlte ihnen an Substanz; die weißen Felsblöcke des Berghangs schimmerten geisterhaft hindurch.

Eadar sah es mit Staunen.

„Herrin!“ rief sie leise. „Was ist das für ein Ort? Nichts ist … fest. Seht Euch die Häuser an!“

„Nein, Kind, sie sind nicht wirklich für dich und mich, in dieser Zeit“, antwortete Akhal. „Wir haben hier nur eins zu tun, und zwar dort.“

Eadar folgte Akhal zu einem Gebäude, das gerade eben eingestürzt war; immer noch glitzerten Staubteilchen geisterhaft im dünnen Fackellicht. Eine Gruppe ebenso geisterhafter Leute hatte sich mit Fackeln eingefunden und grub im Schutt. Akhal lenkte die Pferde auf die eine Seite und glitt geschickt aus dem Sattel. Eadar tat es ihr nach. Sie bahnten sich einen Weg durch die Massen zerbrochener Steine, und Akhal suchte irgend etwas auf dem Boden.

Plötzlich blieb sie stehen und bückte sich. Sie stieß die Arme durch den wirbelnden Staub, ja, durch die Steine und hob ein kleines Kind hoch. Sich zu Eadar umdrehend, sagte sie: „Hier, du trägst den Jungen. Ich muß seinen Vater holen." Fürsorglich legte sie Eadar das Kind in die Arme.

Der Kleine war erst sechs oder sieben, ein schlaffes Bündelchen von Armen und Beinen und verwirrtem Haar. Eadar strich ihm die dunklen Strähnen aus der Stirn und gab leise, summende Laute von sich, wie es Mütter tun, die unruhige Kinder beschwichtigen wollen. Der Junge regte sich nicht.

Akhal kehrte zurück. Sie trug eine dunkle Gestalt so mühelos wie Eadar das Kind, umging Menschengruppen, die von ihr keine Notiz nahmen. Als sie näher kam, erkannte Eadar, daß es ein Mann war, den sie trug, mit seinem Kopf auf ihrer Schulter.

„Komm. Wir müssen gehen", war alles, was sie sagte. Mit ihrer Bürde bestieg sie ihr Tier.

Die Pferde machten kehrt und liefen schnell auf die Straße hinaus, die schwach vom Fackellicht beleuchtet war. Von neuem löste sich der Boden unter ihren unhörbaren Hufschlägen in Nebel auf.

Eine große graue Ebene erstreckte sich vor ihnen. Konturlos und flach dehnte sie sich endlos in alle Richtungen unter einem ebenso farblosen Himmel. Es gab keinen richtigen Horizont, da Land und Luft die gleiche Farbe hatten, und die Entfernung konnte alles sein, von Armeslänge bis zur halben Welt.

Akhal, erschreckend dunkel in ihrem mitternächtlichen Mantel inmitten der blassen Gräue, stieg ab und stellte den Mann auf die Füße. Zu Eadars Überraschung blieb er aufrecht stehen. Behutsam drehte ihn Akhal mit den Händen auf seinen Schultern von sich weg.

Ohne ein Wort wanderte der Mann in die Gräue hinein, und jeder Schritt trug ihn eine gewaltige Strecke fort. Rasch verschwand er in der endlosen Dämmerung. Er blickte nicht einmal zurück.

Akhal trat zu Eadar und streckte die Arme nach dem Kind aus. Eadar blickte lange Zeit in die leuchtenden Augen, dann reichte sie den Jungen hinunter.

Ebenso stumm folgte der Junge seinem Vater, schrumpfte schnell zu einem dunklen Punkt zusammen und war nicht mehr zu sehen.

Akhal bestieg Liath, deren Farbe diesem Ort der Überwelt so ähnlich war, und drehte die Stute, so daß sie neben Bhan stand. Wieder fanden sich die Blicke von Herrin und Begleiterin. Akhals Gesicht war unverändert ruhig. Keine Freude stieg in den leuchtenden Brunnen ihrer Augen auf, aber es beschattete sie auch keine Verzweiflung. Da war nur frageloses Hinnehmen dessen, was war und was sein wird.

Ihre Pferde hatten einen kleinen Hügel erklommen, und die Schlacht umtoste sie. Wie das zornige Meer in Eadars Heimat schäumte die Flut der Krieger hoch und wich von dem grünen Ufer des Hangs wieder zurück, ohne die beiden Schatten da oben zu bemerken.

Die Clan-Leute der Domäne waren besser ausgebildet als die Räuber und wurden viel besser geführt: Eadar entdeckte die schwarze Uniform des Offiziers und erkannte ihn daran sofort als einen von der berühmten Stadt-Garde. Endlich gaben sich die Räuber geschlagen und rannten der Sicherheit ihrer Berge zu. Der Gardist rief seine Männer zusammen, wies einige an, sich um die Verwundeten zu kümmern, und stellte die übrigen wieder in Kampfordnung auf, um die Gesetzlosen bis zu ihren Bergfestungen zu verfolgen.

Wie sie es jetzt schon viele Male getan hatte, nahm Eadar die toten Krieger in ihre Arme und hielt ihre zerbrechliche Substanz behutsam für die lange, seltsame Reise fest, die in dem ewigen Grau von Land und Himmel endete. Der zweite Mann, den Akhàl an sie weitergab, war ein Junge. Seine glatten Wangen hatte noch keine Rasiermesser berührt. Das blonde Haar glänzte in der Morgensonne, als sein Kopf gegen ihre Schulter fiel. Akhal zögerte einen Augenblick, die farblosen Augen auf das schöne Gesicht des Jünglings gerichtet. Bei dieser ihrer grausigen Arbeit sprach die Dame niemals, aber Eadar meinte, in ihren Gedanken ein geflüstertes Wort oder mehr zu vernehmen: „... Ach, so jung ..."

Nach der Schlacht im Wald führte Akhal sie zu einer kleinen, geschützten Lichtung, die warm von der Sonne beschienen wurde. Anblick und Duft der letzten Sommerblumen labten sie. Die Pferde durften das Gras abweiden. Mit einem dankbaren Seufzer ließ sich Akhal auf den Rasen niedersinken.

„Ah, wie schön ist es, die Sonne auf dem Gesicht zu spüren!" Sie schob ihre Kapuze zurück.

„Hier, *Domna.*" Eadar reichte ihr einen Becher Wasser. „Die Quelle ist kalt, aber süß."

Akhal nahm den Becher, sah eine Minute lang in das Wasser und hob dann die Augen zu Eadar.

„Ich danke dir, Kind. Du bist gut zu mir." Sie lächelte freundlich und trank.

Akhal stellte den leeren Becher zur Seite, lehnte sich gegen einen großen Felsblock, glatt von äonenlang gefallenen Regentropfen, und sah zur Sonne hoch. Sie starrte genau in die feurige Scheibe. Sie blinzelte nicht, und sie wandte sich nicht von dem gleißenden roten Licht ab, sondern sie begegnete ihm als ihresgleichen. Plötzlich spürte sie zu ihrer Überraschung Eadars Kopf an ihrem Knie und wandte die Augen von dem hellen Licht zu dem dunklen Kopf des Mädchens.

„Sagt mir doch, *Domna,* warum ist die Welt, wenn wir so wie jetzt allein sind, wirklich, wie ich sie mein ganzes Leben lang gekannt habe, aber wird zum Schatten, sobald wir unter Menschen kommen?"

„Nun", begann Akhal, „das liegt daran, daß wir hier nicht bei unserer ... Arbeit sind, sondern nur für uns selbst. Die Felsen und der Himmel gehören nicht zu uns, wie es die Menschen tun, und deshalb sind sie jetzt für uns ganz." Zögernd hob sie die Hand und streichelte das glänzende dunkle Haar. „Es ist nicht leicht zu erklären, aber vielleicht ..." Sie verstummte, und ihre Hand lag still. „Eadar", sagte sie endlich, „du hast deinem Bruder ein langes und gesundes Leben erkauft. Dreiundsechzig Tage bist du bei mir. Nun kannst du ohne Angst heimgehen."

Eadar hob nicht einmal den Kopf. „Ja, Herrin, ich werde heimgehen, doch nur, um meiner Mutter zu sagen, daß ich die Erfüllung meines Herzenswunsches gefunden habe. Wir wollen ihr erzählen, Ihr bildetet mich zur Heilerin aus."

„Sieh mich an, Kind!" Die Worte des Mädchens zwangen Akhal zu sprechen. „Weißt du, was du da sagst?"

„Aye, das weiß ich", erwiderte Eadar fest und setzte sich auf. „Ich weiß genau, was ich will."

„Nein, nein." Sanft berührte Akhal die rosige Wange mit ihrer kalten, kalten Hand. „Du verstehst nicht. Weißt du, wer ich bin?" Unsterbliche Traurigkeit flackerte in den großen Augen.

„Das habe ich von Anfang an gewußt, *Domna.* Gleich als ich Euch sah, erkannte ich, daß Ihr die Göttin seid, die Lady Avarra, die die Nacht bringt. Und den Tod.“

„Also kannst du nicht bei mir bleiben“, flüsterte die Göttin, „und ich werde dich nicht halten. Ich bin nicht grausam.“

„Doch, ich kann bei Euch bleiben, denn Ihr braucht eine Begleiterin.“ Eadar nahm die kalte Hand zwischen ihre warmen, menschlichen Hände. „Zuerst fürchtete ich mich vor Euch, ich fürchtete mich, Torcalls Leben und mein eigenes zu verlieren, aber das ist längst vorbei. Erinnert Ihr Euch an die alte Dame in Shainsa, die Euch zu erkennen schien und lächelte, als Ihr sie in die Arme nahmt? Sie sagte ihrer Enkelin Euer Geheimnis, und ich habe es mir gut gemerkt. Sie sagte: ‚Ohne Tod wäre kein Platz in dieser Welt für Kinder, und wer möchte ewig ohne Kinder leben?‘ Und so, *Domna,* habe ich gefunden, was ich tun möchte.“ Eadar lächelte. Ihr Gesichtsausdruck begann, den der Göttin widerzuspiegeln: eine zeitlose, sanfte Hinnahme.

Die Göttin erwiderte ihr Lächeln und sah tief in die meergrünen Augen, jetzt so hell unter Darkovers Sonne.

Endlich sprach sie. „Gut, meine Tochter, aber ich werde dich niemals gegen deinen Willen an mich binden. Du kannst mich begleiten, so lange du es wünschst. Du brauchst jedoch nur zu fragen, und du sollst deiner Familie an demselben Tag zurückgegeben werden, als du sie verließest. Ich beherrsche die Zeit, und ich verspreche dir das auf meinen Namen: Du kannst zurückkehren. Ich schwöre es!“

Die grünen Augen leuchteten von innen heraus. „Du weißt, warum ich bleibe, Mutter: aus Liebe zu dir. Und jetzt mußt du dich hinlegen.“ Liebevoll faßte Eadar, deren Berührung Trost ist und deren Name „Dazwischen“ bedeutet, die Schultern der Dame. „Darf denn eine Göttin nicht in der Sonne schlafen, wenn Sie müde ist?“

Terry Tafoya

Eine Legende der Hellers

A legend of the Hellers

Es gibt eine alte Geschichte, die man sich in den Hallen der Hasturs erzählt, wenn die Monde eine bestimmte Bahn beschreiben und die kalte Nacht winkt wie eine Hure der Hellers.

Im Zeitalter des Chaos, es ist schon lange her, wehte der Geisterwind seinen Wahnsinn in die Seelen schwacher Menschen, und da ihre Herzen klein waren wie ihre Kraft, hallte der Ruf nach einer größeren Kraft in ihnen wider. Und so geschah es, daß Männer und Frauen Vieh wurden und dann Tore, um das Unbekannte zu zeugen, damit es dem Bekannten helfe.

Erharth, der unbedeutende König eines unbedeutenden Königreichs, hatte das Gesicht der steinigen Öde zugewandt. Mit zusammengekniffenen grauen Augen spähte er über die Grenze des Nachbarlandes. Alle diese Gebiete zusammen würden eines Tages als die Hundert Königreiche bekannt werden.

„Wieder ein Kind tot geboren", warf er in den Wind. Der Wind sagte nichts.

„Wieder ein Sohn tot geboren!" schrie er seine Ratgeber an. „Und das ist die Armee, die ihr für mich aufstellen wolltet? Ist mein Samen so hoffnungslos wie der, den unsere Väter vergebens auf die Felsen und das Eis dieses unfruchtbaren Landes streuten?"

Drei Männer blickten einander an, und dann suchten ihre Augen die Spitzen ihrer Pelzstiefel. Sie trugen ihr Schweigen wie ihre dicken Mäntel, und Erharths Augen schillerten mehr grün als grau.

„Mein *Laran* darf nicht aussterben“, flüsterte er, wie er es den harten Steinen seines Heimatlandes schon so oft zugeflüstert hatte. Es war, als hoffe er, das sanfte Drängen seiner Worte werde sich in den harten Granit eingraben wie ein Faden laufenden Wassers. Aber die Stärke eines solchen Fadens ist die Zeit, und an Zeit war Erharth ebenso knapp wie an Sternenblumen in seiner finsteren Burg.

Es gibt einen Weg, bohrte sich ein Gedanke in seinen Kopf, und der Blick des einen Ratgebers klebte nicht an seinen Füßen.

Erharth wandte sich dem schneeschweren Eingang zu, um seinen Gedankensprecher aufzusuchen.

„Ich wollte, es wäre nicht der einzige Weg“, sagte er laut. Erharth empfand es als Schande, daß sein Geist wohl hören, aber kaum sprechen konnte. Er war nur imstande, Gefühle auszusenden, keine Worte. Und jetzt überwältigte Verzweiflung die drei Ratgeber und den vierten im Eingang, während Erharths Augen sich zu Grau trübten.

Riskiert es, oder brütet wie ein nistendes Banshee, mächtiger Erharth, stach es in seinen Kopf, und das „mächtig“ hatte eine bittere Sprödigkeit.

„Genug, Danlyn!“ brüllte Erharth, und alle vier Ratgeber zuckten unter der geistigen Berührung ihres Königs zusammen. Sein Zorn konnte verkrüppeln, aber sie wußten, daß er nicht töten konnte.

Erharths Seufzer schoß seinen Drachenatem in die Luft. Er hatte seinen Entschluß gefaßt. „Hol sie“, flüsterte er und verschwand in der Kälte seiner Burg, um seinen noch kälteren Sohn anzustarren.

Und in dieser Nacht, als der zweite Mond zur vollen

Scheibe aufblühte, sangen Danlyn und seine Schwester Danla in ihre blauen Steine eine dunstige Hexerei hinein. Es war die Zeit, als *Leronis* noch tatsächlich Zauberin bedeutete. Es war die Zeit, bevor Kreise Vollendung für noch nicht gebaute Türme schufen.

Bruder und Schwester sangen häßliche Harmonien in die pulsierenden blauen Bänder im Inneren ihres gemeinsamen Steins, der scheinbar ebenso groß war wie der ins Fenster leuchtende Mond. Der große Stein flammte auf und entzündete die kleineren Feuer von vier gleichen Steinen, die in den vier Himmelsrichtungen auf einem Tisch lagen.

Sie sangen weiter, während ein dritter Mond den Himmel erhellte, und ihre Worte entstammten einer Sprache, die älter war als Casta.

Dann zerbrach von dem Licht der Sternensteine und der beiden Monde alles Metall im Zimmer. Die Zeremoniendolche an ihren Gürteln fielen in Stücken zu Boden. Die blaue Flamme auf dem Tisch loderte auf, so hoch wie ein Mensch.

Bruder und Schwester wurden zu Boden geschleudert. Das Licht war unerträglich, und im Zimmer wurde es kälter als draußen, etwas noch nie Dagewesenes in den Hellers.

Rauhreif glitzerte auf fünf Steinen, jetzt so schwarz wie Onyx, und eine Frau stand auf dem Tisch, ihre Augen von einem leuchtenderen Blau als das der Steine.

Ihr Gewand entstammte einer vergessenen Mode, und ihr Haar war in gelben Satin eingebunden. Schön war sie und eisig wie die Nacht in den Hellers.

„Wer ruft mich?"

Danlyn zitterte - nicht vor Kälte. Danla antwortete: *„Wir aus dem gleichen Mutterleib rufen dich von deinem Heim in die Hellers, um die Träume eines Mannes mittleren Alters, der über ein unbedeutendes Königreich herrscht, zu erfüllen."*

„Danla!"

„Nein", murmelte die Frau, königlich auf ihrer Tischplatte. „Bleib du in deiner Ecke hocken, solange deine Schwester mir von kleinen Königen und großen Träumen erzählt." Ihre Stimme war sanft, und sie betonte die Wörter auf eine merkwürdige, angenehm klingende Weise. Ihre Augen waren Eis.

„Wisse denn, o Königin ..." - um sie zu ehren, beugte Danla den Kopf, während ihre scharfen Finger sich am Boden festhielten -, „... es ist nicht unser Wunsch, dich zu rufen, aber dies Land ist hart, und sein Herrscher noch härter. Fünf Frauen und die dreifache Zahl von Kindern sind ihm gestorben, während König Erharth seinen Kummer dem Wind erzählte. Sein Samen trägt Früchte, die nicht lebensfähig sind."

„Und träumt er nur von Kindern?" Sie blickte nieder und lächelte zum erstenmal.

„Welche anderen Interessen hat der gemeine Mann, der König geworden ist, als Eroberung und Dynastie?" brummte Danlyn.

„Und doch steckt mehr dahinter", sagte die Frau. Die Geschwister merkten nicht, daß nur ihr Atem keine Spur in der Luft hinterließ.

„Glaubst du nicht, wir hätten Felsen und Eis längst verlassen und ein wärmeres Klima aufgesucht, das es im Süden geben soll? Sein Wunsch, einen Erben zurückzulassen, bevor er sich in die Schlacht wagt, hält uns hier zurück", erklärte Danlyn und stand auf.

„Aber seine Kinder sterben, bevor sie geboren werden", setzte Danla hinzu.

„Er will Kinder mit seinem *Laran* züchten. Zu diesem Zweck sucht er sich seine Frauen im Volk wie unter den Comyn nach der Stärke ihrer Gaben aus."

„Züchten?" fragte die Frau und setzte sich anmutig auf dem Tisch nieder.

„Die Beste dem Besten", nickte Danlyn.

„Wie das Züchten von Syrtis-Falken", stellte die Frau leise fest. Ihre rechte Hand streichelte das glänzende Schwarz des großen toten Kristalls. „Sprecht schnell. Warum habt ihr mich gerufen? Meine Zeit hier ist kurz bemessen. Bildet euch nicht ein, daß ihr die ersten seid, die mich heraufbeschworen haben. Die Zauberkraft eurer Sternensteine war ein hoher Preis für eine Spanne meiner Zeit. Ich werde an meinen rechtmäßigen Platz zurückkehren, ganz gleich, was ihr jetzt tut ... aber ich bin neugierig. Was wollt ihr von mir?"

„Einen Segen, ein Kind, ein Ereignis, das Erharth in den Krieger zurückzuverwandelt, der er einmal war." Danla erhob sich. Ihre grauen Augen waren in einer Höhe mit den blauen der Frau, die auf dem Tisch saß.

„Und bringt euer König", erkundigte sie sich, „Liebe in sein Bett und zu seinen Frauen mit?" Danlyn erschauerte von neuem, denn ihr Ton war der gleiche wie der Erharths an diesem Morgen, als er Steine ätzte.

„Seine Liebe", antwortete Danla, „gehört seinem Königreich und sich selbst."

„Laßt mich diesen König eures unbedeutenden Königreichs sehen."

Und so führten sie sie aus dem Raum des Eises und der Metallsplitter in eine Halle, deren Wandbehänge Erharths Vater gestohlen hatte.

Erharths graue Augen weiteten sich angesichts ihrer Schönheit, und Wärme strömte von seiner geistigen Berührung aus. Aber ihr Auge blieb Eis. Erharths Wärme war nicht Lust, denn die Frau war von einer Art, daß er sie niemals besitzen konnte, und so bewunderte er sie von seinem harten Thron aus, wie man einen Sonnenaufgang oder den Ozean zum erstenmal bewundert.

Unwillkürlich stand er auf. Seine Augen konnten sich nicht losreißen von ihrem Gesicht, von ihrer Schönheit, die ein merkwürdiges gelbes Seidentuch einrahmte.

„Fünfzehn tote Kinder“, zählte sie mit ihrem seltsamen und doch angenehmen Akzent auf. „Fünf tote Frauen und ein unnachgiebiger Thron. Stellt dein *Laran* einen solchen Schatz für diesen beschneiten Fels von einem Land dar?“

„Sprecht zu mir nicht von Staatskunst, meine Lady ...“, begann Erharth.

„Sprich du mir nicht von Zuchtversuchen, du mit den kleinen grauen Augen und dem noch kleineren, graueren Herzen. Deine hexenden Diener haben für meine Worte mit ihren Sternensteinen und einem Teil ihres Lebens bezahlt, obwohl sie den Preis nicht kannten. Höre denn, was gekauft worden ist. Auch wenn du mit fünfmal fünf Frauen schläfst und jede ihren Leib mit fünf Kindern zerreißt, wird keins leben. Sitz allein auf deinem steinernen Thron, Narr, denn du, der du so wissend von *Laran* sprichst, kennst nicht einmal dein eigenes.“

Obwohl Erharths Zorn aufstieg wie die vergessenen Monde, blieben seine Lippen stumm, und sie fuhr fort:

„Du klammerst dich an deine kalte Ecke, weil du dich fürchtest, deine zerlumpte Armee anzuführen.“ Sie zog einen in schimmerndes Silber eingefaßten Sternenstein aus ihrem Busen und wob, während sie sprach, einen Wahrheitszauber, bis das blasse Glühen des Juwels die Gesichter aller in der Halle Anwesenden beleuchtete. „Obwohl du es nicht weißt, Erharth, benutzt du deine Kinderlosigkeit als Vorwand, um dich vor dem Schlachtfeld zu retten.“ Das blaue Licht schwankte nicht. „Fünfzehn Kinder, fünf Frauen hast du bei den Geburten mit deinem *Laran* umgebracht.“

„Nein!“ rief Danlyn. „Seine Kraft kann nicht töten. Sie kann verstümmeln, aber nicht morden. Nicht deshalb haben wir dich hergebracht!“

Erharths graue Augen nahmen die Farbe von Stein an und wanderten von der gelbgekleideten Frau zu Danlyn. Der Ratgeber begann zu zucken, er ballte die Fäuste und löste sie wieder in einem sinnlosen Tanz. Blut tropfte von seinen Lippen, und er krümmte sich sterbend zusammen.

Aus Erharths Steinaugen rannen Tränen. Er wandte sich wieder der Frau zu, die verblaßte wie die Zwillingsmorgensterne.

„Verflucht sollst du sein", flüsterte er, als sie verschwand. „Verflucht sollst du sein, Cassilda!"

In den Hundert Königreichen

Als diese legendäre Zeit vorüber war, brausten die Winde der Veränderung über Darkover hin. Die Türme wurden dekadent. Ein Zuchtprogramm, das die Laran-*Gaben der großen Familien, noch nicht ganz die Comyn geworden, fixieren sollte, führte wie so viele gutgemeinte Versuche, das Geschick der Menschheit zu verbessern, statt zum Erfolg zu großer Tyrannei. Kriege tobten im Land und zerteilten es in viele kleine Königreiche. Turm kämpfte gegen Turm und König gegen König mit* Laran-*Waffen und Zauberei. Ein alter chinesischer Fluch lautet: Mögest du in einer* interessanten *Zeit leben.*

Und interessant war die Zeit tatsächlich ... Viele Darkover-Autoren haben sich die faszinierende und vielschichtige Periode für ihre Geschichten ausgesucht. Während dieses wenig bekannten Abschnitts in der Geschichte Darkovers, als die Laran-*Kräfte entdeckt und wiederentdeckt, benutzt und mißbraucht wurden, konnte so gut wie alles geschehen – und geschah wahrscheinlich auch.*

Im ersten dieser Bände erzählte Susan Shwartz die Geschichte von dem Brand des Arilinn-Turms und dem schrecklichen Tod der Bewahrerin Marelie Hastur. Die folgende Geschichte Im Drachenhals *handelt von einem Überlebenden von Arilinn, Amaury der Harfner genannt, und seinen Versuchen, seinen Erinnerungen – und sich selbst – zu entfliehen.*

Mary Frances Zambreno berichtet in Windmusik *von der Zeit des Zuchtprogramms mit seinen Fehlschlägen und Erfolgen, von einem Jungen, für den es in einer nach* Laran *strebenden Familie kein Erbarmen gibt, und von* Laran *als Überlebens-*

faktor. Zu einem recht bizarren Einsatz von Laran *kommt es in Leslie Williams Geschichte* Entronnen *über einen gefangenen Zauberer. Bei der Zusammenstellung dieses Buches meinte Elisabeth Waters, daß sie davon eine Gänsehaut bekomme, und prompt lieferte sie eine Fortsetzung mit dem Titel* Wiedergeburt *... „Damit ich nachts schlafen kann", wie sie bemerkte.*

Susan Shwartz

Im Drachenhals

In the Throat of the Dragon

Der Mann, der sich Amaury der Harfner nannte, wußte, daß es nur Wahnsinnige oder Verzweifelte wagen, kurz vor Winteranfang in den Hellers zu reisen. Schon im Vorgebirge um Serrais konnte der Sturm einen Mann von einem Bergpfad in den Abgrund blasen. Amaury fürchtete, vor Jahren einmal wahnsinnig gewesen zu sein; jetzt war er nur noch verzweifelt. Er spornte sein Chervine an. Das müde Tier stolperte, fiel und schlug um sich.

Amaury rollte sich von ihm weg. „Zandrus Höllen!" fluchte er. „Das ist mein Ende." Er kniete nieder, um sein Gepäck an sich zu nehmen, und tötete das Chervine mit dem Messer, das seine einzige Waffe war. Obwohl ihm drei Räuberbanden folgten, brachte er es nicht fertig, das Tier, das ihm bis an die Grenze seiner Kraft gedient hatte, dem Tod durch Hunger, Schmerz und Kälte zu überlassen.

Die Räuber schlugen zu. Er war der einen Gruppe den ganzen Tag nachgeschlichen und hatte geargwöhnt, daß sie es seit ihrem letzten Halt wußten. Einige von ihnen mußten umgekehrt sein. Eben noch hatte sich Amaury über das sterbende Chervine gebückt, und jetzt warf ihn ein Stoß in den Schnee. Hände faßten nach seiner Kehle.

Jahrelange Übung ermöglichte es ihm, den Griff zu brechen und sich auf ein Knie aufzurichten. Seine Hand fuhr von selbst zu dem Schwert hinunter, das er nicht mehr trug, dann an sein Messer, um überhaupt eine Waffe zu haben. Aber ein heftiger Tritt ließ es ihm aus der Hand fliegen, ein zweiter traf seine Rippen und warf ihn mit dem Gesicht in den zertrampelten, von Blut geröteten Schnee.

„Amrek! Wer einen Harfner tötet, stirbt heulend!“ warnte ein Räuber den Angreifer.

Würde er sein Leben einem Aberglauben verdanken? Er hoffte es.

„Das ist der Spion, der uns von Carthon gefolgt ist! Willst du behaupten, ich müsse ihn leben lassen?“ Der Angreifer hielt inne. Amaury wurde es heiß vor Angst und glühender Scham. *Feigling! Ich dachte, du wolltest sterben.* Nachdem Marelie Hastur in Arilinn ums Leben gekommen war, hatte Amaury sein Schwert zerbrochen, hatte Arilinn verlassen, um zu wandern, hatte Herd und Herrenrechte aufgegeben, um Liebes- und Klagelieder zu singen. Eines Nachts schritt er schlaflos vor einer Karawanserei in Carthon hin und her. (Für sein Essen, seinen Strohsack und den sauren Wein hatten begeisterte Zuhörer bezahlt.) Er hörte ein Flüstern, schob sich näher heran, wurde entdeckt und mußte fliehen, bis er ein Versteck gefunden hatte. Räuber ritten gegen Serrais.

Zum erstenmal seit Marelie Hasturs Tod machte Amaury sich beim Erwachen um etwas anderes Gedanken als seinen eigenen Kummer. Serrais war der Ort, wo er aufgewachsen war. Südlich davon, in der Nähe von Termora lag sein eigenes Gut, ein kleiner Besitz in der Elhalyn-Domäne, den er liebte, wie ihm plötzlich bewußt wurde.

Amaury lag im Schnee, erwartete den Todesstreich des Trockenstädters und dachte an seine Heimat, die brennenden Gebäude, die sterbenden Menschen. Wieder war er nicht imstande zu retten, was er am meisten liebte.

„Ruhig, du!“ Der vor ihm stehende Mann trat ihn von

neuem, diesmal weiter unten. Hatte er zuvor gestöhnt, so würgte er diesmal vor Schmerz. Die grausame Ironie des Schicksals erregte ihm fast ebensoviel Übelkeit wie der Tritt in die Lenden. Da starb er nun, ohne das Heim retten zu können, das er verlassen hatte ... gerade als ihm aufgegangen war, wie sehr er daran hing!

„Er ist schwertlos, Amrek. Wieviel *Kihar* gibt es dir, einen schwertlosen Mann abzuschlachten? Dazu der Fluch! Schlag ihn bewußtlos und übergib ihn mitsamt dem Harfnerfluch dem Sturm! Nimm sein Gepäck."

Etwas fiel neben Amaurys Kopf in den Schnee. „Deine Harfe, Harfner", knurrte Amrek in so starkem Trockenstädter-Dialekt, daß Amaury ihn kaum verstand. „Sing es den Göttern vor, daß Alars Wölfe dich getötet haben, nicht ich."

„Kommst du mit? Oder bist du ein *Ombredin,* daß du dich mit dem da im Schnee amüsieren willst?" brüllte der Anführer.

„Was bin ich? Ein *Ombredin?"* Der Zorn ließ die Stimme des Mannes noch rauher klingen. Schmerz explodierte an Amaurys Schädelbasis in einem Lichtersturm – *wie das Feuer in einem Sternenstein, ein Rückstrom ...* NEIN! In dem Feuer brannte ein Gesicht, schön, geliebt, aber brennend, in den Flammen vergehend ... und er brannte auch ...

Hände hoben ihn hoch, legten ihn bäuchlings über einen abgenutzten Sattel, und er ächzte Proteste gegen den ruckenden, stoßenden Transport. So ging es zu einer Ruine, die mit Decken und toten Zweigen in eine Art Obdach verwandelt worden war. Wieder griffen Hände nach ihm, hoben ihn herunter, untersuchten seinen Schädel mit qualvoller Gründlichkeit. Langsam wurde ihm besser und sogar wärmer, und dann badete gesegnetes Wasser seinen Kopf und wusch das Erbrochene von seinem Mund.

„Diesmal sterbt Ihr noch nicht, Harfner." Es war die

Stimme einer Frau. Nahmen Trockenstädter ihre Frauen auf Überfälle in die Berge mit? Das konnte Amaury sich nicht vorstellen. Es war also ungefährlich, die Augen zu öffnen. Er sah eine dünne, drahtige Frau in zerlumpten, dunklen Kleidern, mit kurzgeschnittenem Haar. Was mochte das für eine Frau sein, die allein durch die Berge reiste?

„So ist's recht, setzt Euch hoch", sagte sie. Amaury ging ein Licht auf. Sie mußte eine der Amazonen sein, denen es nach der Charta Varzils des Guten erlaubt worden war, abseits von den Männern zu leben, wie Männer zu arbeiten, frei von der Herrschaft der Männer zu sein. In seinem ganzen Leben als Kämpfer, *Laranzu* und schließlich freiwillig ins Exil gegangener Harfner war Amaury noch nie einer begegnet.

„Eine Entsagende", berichtigte die Frau ihn scharf. Er mußte das Wort „Amazone" laut ausgesprochen haben. „Ich bin eine der *Com'hi Letzii.*"

Amaury fuhr sich mit der Zunge über die Lippen. „Es ist ein Leben zwischen uns, *Domna.*"

Sie lachte, und es klang noch härter als ihre Zurechtweisung. „Nicht nötig, mich ... *Domna* zu nennen."

„Ihr habt mir das Leben gerettet, *Mestra,* und ich danke Euch. Ich bin in Eurer Schuld."

„Spart Euch die schönen Worte! Alles, was jene *Gre'zuin* Euch gelassen haben, ist Eure Harfe. Wenn das Dröhnen in Eurem Kopf so weit nachgelassen hat, daß Ihr die Musik hören könnt, spielt für mich. Benutzt diese Worte dann."

Amaury blinzelte. Noch nie hatte er dies Schimpfwort aus dem Mund einer Frau gehört.

Wieder lachte sie, diesmal irgendwie belustigt. Ihr Gesicht verzog sich dabei, und Amaury entdeckte, daß sie jung war. Dunkle Augen schauten wachsam aus einem blassen Gesicht, halb versteckt von diesem der Sitte hohnsprechenden Haarschopf.

„Ich werde meinen eigenen Harfner haben wie eine Comyn-Lady! Und nun trinkt das hier, bevor Ihr ein weiteres Wort sprecht."

Amaury nahm einen Schluck von der heißen Suppe und hoffte, daß er sie nach diesem letzten Schlag auf den Kopf bei sich behalten konnte. Das gelang ihm, sie wärmte ihn. Halb sitzend, halb liegend blinzelte er zu dem Feuerchen hin, das die Amazone - *nein, die Entsagende* - angefacht hatte, und hielt den herrlich warmen Becher in seinen von der Harfe schwieligen Händen.

„Darf ich ..." - seine Stimme klang schon kräftiger, wenn sie auch noch weit entfernt war von der hallenfüllenden Resonanz, die sie gehabt hatte - „... den Namen meiner Retterin erfahren?"

„Ihr dürft. Ich bin Chimene n'ha Gwennis." Sie musterte ihn, als erwarte sie eine Bemerkung über die von ihr benutzte Form des Namens: Chimene, Tochter Gwennis'. „Warum so finster, Harfner? Der Name mag unscheinbar sein, aber das bin ich auch - keine Lyrik-Interpretin, die sich mit ihrem Charme und ihrer Stimme das Brot verdienen muß. Wie ist Euer Name?"

„Amaury." Er preßte die Lippen fest zusammen, bevor ihm der Rest entschlüpfte. Nur Comyn trugen mehr als einen Namen.

„Amaury. Diesen Namen habt Ihr bestimmt nicht in einem Kuhstall erhalten ... und dies rote Haar ebensowenig. Der mit einem Kopf voller Lieder und nicht viel Verstand hinausgeworfene Bastard irgendeines Lords, stimmt's?"

Ein Kopf voller Lieder und nicht viel Verstand! Das beschrieb ihn gegenwärtig recht gut. Merkwürdig, daß er ihr ihre Frotzeleien nicht übelnahm. Er wandte den Blick von Chimene ab und sah sich in dem kleinen Zufluchtsort um. Ihre Satteltaschen lagen neben ihr; er lehnte, so entdeckte er, an einem zweiten Paar. Aber er war seiner wenigen Besitztümer beraubt worden. So mußte es sein: Ihre Partnerin war draußen und kümmerte sich um ihre Chervines. Nicht einmal Entsagende reisten in diesen Bergen allein.

„Ich habe tatsächlich nicht viel Verstand bewiesen, *Mestra,* als ich mich von den Räubern fangen ließ." Er lächelte, versuchte, den Charme und die Stimme einzusetzen, die sie auf Lyrik-Interpretinnen beschränkt hatte. Was er auch sonst sein mochte - Comyn-Lord, Flüchtling, Feigling -, er war ein Harfner, und Harfner hatten es nicht gern, wenn ihre Zuhörer übelgelaunt waren.

„Es waren Trockenstädter, Amaury. Wie Ihr sicher wißt. Nicht einfach Räuber, sondern Eindringlinge, die die Domänen schwächen wollen, um sich darin anzusiedeln, wie es die Ridenows vor langer Zeit in Serrais taten. Wo seid Ihr gewesen, Harfner, daß Ihr nichts davon gehört habt? Räuber haben während der letzten drei Jahre überall in den Domänen ... sogar in Arilinn ..."

Dann war Marelies Tod Teil eines größeren Plans gewesen. Aldones sei es gedankt, daß er helfen konnte, ihn zuschanden zu machen.

„Ich wußte, daß sie auf dem Marsch waren, ja. Tatsächlich bin ich von Carthon aus ihrer Spur gefolgt. Ich muß sie warnen ... die zu Hause ... dann nach Elhalyn ..."

Amaury wollte aufstehen. Chimene drückte ihn auf seinen Platz zurück.

„Ihr kämt nicht einmal bis zur nächsten Wegbiegung", erklärte sie. „Rafaella und ich waren zum Temora-Gildenhaus unterwegs, als wir die Neuigkeit hörten. Wir ... ich liebe die Comyn nicht besonders, aber was die Trockenstädter angeht ... Götter, ich hasse sie, ich möchte die ganze dreckige Bande umbringen! Zandru schlage sie mit Skorpionpeitschen!"

Ihre Stimme bebte vor Zorn. Amaury, der vor kurzem erst einen Schlag auf den Kopf bekommen hatte, zuckte zusammen und schloß die Augen, um sich vor ihrer Leidenschaft abzuschirmen. Natürlich haßten die Amazonen die Trockenstädter, die ihre Frauen in Ketten hielten. Bei Chimene mußte es sich jedoch um ein tieferes, persönlicheres Gefühl handeln.

„Rafaella, *Mestra?* Ich bemerkte ein zweites Paar Satteltaschen und dachte, Eure Partnerin sei vielleicht draußen."

„Rafi ... meine arme Rafi ... sie ist tot. Vor ein paar Tagen trennten wir uns auf der Straße. Ich ... ich habe Verwandte in dieser Gegend und wollte sie besuchen. Deshalb schlug ich einen Seitenweg ein. Als ich sie einholte, lag sie da, tot, und um sie stand eine Ehrengarde von Trockenstädtern. Sie hatte ihnen einen solchen Kampf geliefert, daß es ihnen nicht gelungen war, sie zu vergewaltigen, und sie ... sie hatten ihr ihre Ausrüstung gelassen."

Amaury wandte den Blick taktvoll von dem angespannten Gesicht ab, dessen Wangen unter den dunklen Augen die Erinnerung und das Leid noch stärker aushöhlten. „Ein Wolfsrudel von Männern ..." - ihr Ton machte das Wort zu einem Fluch - „... das einzige Tier, das ebenso vergewaltigt, wie es tötet. Aber sie starb vorher."

„Es tut mir leid, *Mestra*", begann Amaury. Marelie war vergewaltigt worden, aber es war ihr gelungen, nach Arilinn zurückzukehren, und er hatte nichts davon gewußt, hatte sie nicht trösten, die Bürde der Verteidigung Arillins nicht mit ihr teilen können, und sie war gestorben.

„Leid? Warum? Ich ehre ihr Andenken." Sie beugte sich über das Feuer und schürte es heftig zu neuem Leben an. Aber etwas zischte auf der Glut, und Amaury erkannte, daß sie weinte.

„Ihr müßt sehr viel von dieser Rafaella gehalten haben", sagte er zart.

„Wir waren Freipartnerinnen", antwortete sie. „Sie war die einzige Frau, der einzige *Mensch,* den ich je wirklich geliebt habe! Das schockiert Euch mit Eurem Comyn-Haar und Euren Harfnerhänden, wie?"

Böse Zungen behaupteten, alle Entsagenden seien Liebhaberinnen von Frauen. Amaury hatte für derlei Klatsch immer nur ein Schulterzucken gehabt. Vermutlich, so hatte er gedacht, waren es einige von ihnen, ebenso wie es in allen Gruppen Männer gab, die Männer liebten - ausgenommen vielleicht die Mönche von Sankt Valentin im Schnee. Als der Comyn-Lord, der er gewesen war, hatte man ihn dazu erzogen, sich zu entrüsten, wenn eine Frau sich einer anderen Frau zuwandte, wo es doch so wichtig war, daß ein Mann Erben, männliche Erben, und möglichst viele, hatte. Doch Chimene und ihre Freipartnerin hatten sich geliebt, hatten sich wenigstens für eine Weile gehabt. Ihm war kein solches Glück beschieden gewesen.

Chimene wartete auf eine Antwort. Sie drehte etwas in ihren Händen, das Amaury als den Tragegurt seiner *Ryl* erkannte.

„Laßt mich das nehmen", sagte er. „Ihr wollt wissen, wie ich empfinde? Liebe ist ... Liebe. Wenn Ihr Liebe gefunden habt, wenn Ihr mit Rafaella glücklich wart, was kann ich anderes sagen, als daß ich ihren Tod um Euretwillen bedauere? Ich ... auch ich ..."

„Deshalb reitet Ihr so tollkühn in den Hellers umher, nicht wahr? Jemand, den Ihr liebtet, ist gestorben, und jetzt habt Ihr das Gefühl, es lohne sich für Euch nicht mehr zu leben."

Sie hatte seine Gedanken so genau gelesen, daß sie selbst hätte eine Ridenow sein können. Amaury zuckte die Schultern und versuchte, den Schmerz abzublocken, den ihre Worte von neuem geweckt hatten.

„Und, Evanda und Avarra, Ihr macht Euch Vorwürfe. Wie oft habe ich die Stunden nachgerechnet, mich gefragt, ob ich, wenn ich meinen Besuch kürzer gehalten hätte, wenn ich schneller geritten wäre, wenn ich nicht angehalten hätte ... wenigstens rechtzeitig dagewesen wäre, um an ihrer Seite zu kämpfen. Bestimmt hätte ich etwas tun können ..." Chimene sprach leise, und Amaury erkannte, daß sie seine Anwesenheit vergessen hatte. Dann, als erinnere sie sich an ihn, schüttelte sie den Kopf, daß der dunkle Schopf ihr in die Stirn fiel.

„Sagt mir, Amaury, die, um die Ihr trauert ..."

Er faßte nach dem Futteral und begann, die Harfe auszupacken. Chimene wollte ihm helfen. Er vermied es so sorgsam, ihre Hand zu berühren, als sei sie eine Bewahrerin innerhalb eines Kreises. Behutsam nahm er die Lederhülle ab - es war feines Leder und ein fürstliches Instrument - und ließ die Finger liebkosend über die Saiten gleiten. Eine hatte sich gelockert, und er spannte sie. Chimene hob die Augenbrauen angesichts der Güte des Instruments und seines tiefen, vollen Tons. Er spielte ein weiches Arpeggio.

„Ihr wollt von meiner Lady hören? Ihr Name war Marelie, und sie war niemals meine Geliebte. Aber, Aldones - wie ich von ihr träumte!" In der vom Feuer erhellten Dunkelheit wurde es ihm sogar vor dieser spitzzüngigen, trauernden Amazone leicht, von der Frau, die tot war, zu sprechen: Bewahrerin, Comynara, so ganz unterschiedlich von allem, was Chimene oder ihre tote Freipartnerin je gewesen sein konnten. Er summte versuchsweise mit geschlossenen Lippen. Ja, das war die richtige Tonart für sein Lied.

Ich hab' meine Lady im Sonnenschein draußen gesehen.
Ihr Haar wie Schwingen war um sie gebreitet,
Und hinter all dem glühte rot das Licht.
Gesehen hab' ich sie in ihrem Haus,
Wo sechs Saphire hingen an den Wänden
Wie Tafeln in der Höhe ihrer Knie ...*

* Zitat aus Ezra Pound: *Personae*, „The House of Splendor", Copyright 1926 by Ezra Pound, abgedruckt mit Erlaubnis von New Directions (Anm. d. Autorin)

Seine Stimme brach vor Scham, und die letzten Worte und Töne des Liedes brachte er kaum noch heraus.

„Ihr sprecht von ihr, als sei sie die Tochter von Göttern. Es sei denn, natürlich ... Eure Hände und dies rote Haar! Amaury ist nicht Euer einziger Name, nicht wahr?"

Sie hatte ihm das Leben gerettet, sie hatte sich das Recht verdient, seinen vollen Namen zu erfahren. „Elhalyn-Ridenow. Ein jüngerer Sohn, aber ganz legitim. Ich habe ein Gut in der Nähe von Temora. Und ich lebte in Arilinn. Ich ging fort „ nachdem die Bewahrerin dort ... gestorben war."

„Marelie Hastur", sagte Chimene im Ton eines Menschen, der endlich ein Rätsel gelöst hat. „Von Räubern vergewaltigt und für tot liegengelassen. Aber sie kam wieder zu sich, sie kehrte zurück, und sie kämpfte gegen die Räuber. Ich habe Lieder gehört ..."

„Sie ist gestorben, und ich konnte ihr nicht helfen!" Amaury warf die Harfe hin, und der laute Mißklang tat weh nach der Musik. „Man singt von ihr, ich singe von ihr, aber tot ist tot. Ich glaube nicht, daß sie nach dem, was man ihr angetan hatte, weiterleben wollte, daß sie ertragen hätte, wozu Männer fähig sind ... daß eine Hastur von Hastur so mißbraucht worden war."

„Wir Entsagenden sehen eine Vergewaltigung nicht als Sünde der Frau an. Eure Lady war eine Hastur, und eine Hastur wäre sie geblieben, ganz gleich, was geschehen war. Hätte es sie in Euren Augen herabgesetzt?"

„O Götter!" Amaury würgte ein Schluchzen hinunter. Die Worte kamen über seine Lippen wie das Blut über die eines Sterbenden. „Wenn sie sich mir nur anvertraut hätte – ich war ihr Techniker, ich hätte ihr Einhalt gebieten können. Könnt Ihr Euch vorstellen, wie das war? Ich als ihr Techniker liebte sie in jedem Augenblick, verbarg es jedoch so gut, daß sie, eine Bewahrerin, die ihren Kreis bis ins innerste Herz kannte, niemals eine Ahnung hatte! Unmöglich, das könnt Ihr nicht. Aber ich tat es. Und wenn ich das tun konnte, hätte ich ihr vielleicht auch ersparen können … Doch geschehen ist geschehen. Sie starb. Ich blieb nur noch, um das Denkmal zu sehen, das man ihr in Arilinn errichtete, und dann …“

„Und dann?“ Er wagte es, zu Chimene aufzublicken, und keuchte beinahe. In ihren Augen stand keine Verdammung zu lesen.

„Dann ging ich. Wanderte nach Nevarsin und weiter, über den Kadarin, sang meine Lieder.“

„In unsern Gildenhäusern lehren wir die Frauen, eine Vergewaltigung nicht für schlimmer als den Tod anzusehen, und weder sie selbst noch ihre Verwandten sollten sie dafür bestrafen, das Opfer gewesen zu sein. Wenn Eure Marelie … wenn Lady Hastur eine von uns gewesen wäre, hätte sie niemals …“

Bei der Vorstellung, Marelie, strahlend, königlich, hätte sich in Hose und Jacke als geschorene Amazone in den Domänen herumgetrieben, zuckte Amaury zusammen.

Chimene lachte auf. „Entrüstung ist besser als Selbstmitleid. *Dom.* Aber das ist drei Jahre her. Inzwischen wird man Euch doch auf Eurem Gut … gebraucht, Euch vermißt haben …“

„Nachdem *sie* gestorben war …“ – Amaury betonte das Pronomen, als sei ihm ihr Name zu heilig, um ihn auszusprechen – „… schwor ich, da weder *Laran* noch eine Waffe mir erlaubt hatten, sie zu retten, daß ich niemals mehr in einem Turm dienen oder ein Schwert tragen würde. Ich hatte sie im Stich gelassen. Wie sollte ich es ertragen, daß mich noch einmal jemand mit ‚Lord‘ anredete? *Vai dom!*“ Er lachte bitter.

„Aber ich bin nicht so ehrvergessen, daß ich zusehe, wie die Trockenstädter meine Leute umbringen. Und jetzt habe ich eine Blutschuld gegen diese Räuber …“

„Gewiß. Nur seid Ihr nicht in der Verfassung, allein und zu Fuß zu reisen. Ich habe jetzt ein Pferd übrig. Rafis. Da ein Leben zwischen uns ist, wie Ihr gesagt habt, laßt uns zusammen weiterziehen.“

„Ihr erweist mir Gnade, *Mestra.*“

Chimene schüttelte den Kopf. „Spart Euch die formellen Höflichkeiten für Eure Halle, *Dom;* dort sind wir noch nicht. Ho! Das ist wie aus einer alten Ballade: Der Harfner entpuppt sich als Comyn-Lord. Habt die Güte, *Dom* Amaury, singt mir etwas vor. Rafaella ... sie liebte schöne Melodien.“ Ihre Lippen zitterten, und sie fuhr hastig fort: „Singt mir etwas über Euch selbst.“

„Was soll ich über mich selbst sagen?“ fragte Amaury die Luft. „Vielleicht dies?“

Der Mond ist mein Begleiter,
Die graue Eule mein Morgen,
Der flammende Drache und die Nachtkrähe machen
Musik zu meinen Sorgen.

Eine Eule stelle ich mir so ähnlich wie ein kleines Banshee vor“, setzte er hinzu.

„Müßt Ihr Euch mit Eurem Talent weh tun? Wie der Mann, der sich Dornen ins Fleisch trieb, um sich selbst zu beweisen, daß er noch fähig war zu leiden ... Ich glaube, in diesen letzten Jahren habt Ihr Euch gequält, Euch Dornen ins Herz gestochen, nur um festzustellen, daß Ihr noch Schmerz empfindet.“

„Ist das nicht besser als Erstarrung? *Ihr* wißt es.“

Mit dem nächsten Atemzug bereute Amaury seine Frage. Chimenes Stimmung schwankte zwischen Sarkasmus und Mitleid; er wollte sie nicht verschrecken. Gern hätte er versucht, sie zu trösten, aber er hatte wenig Trost für sich selbst.

„Macht Euch keine Gedanken über die Erstarrung. Singt

für mich. Singt ein Lied auf das Leben, für Rafi, die es nicht hören kann, aber Eure Musik geliebt hätte. Bitte."

Amaury beugte den Kopf über die *Ryl* und betrachtete die im Feuerschein glitzernden Kupfereinlagen. Müßig berührte er die Saiten. Seine Finger wanderten von einer Melodie zur anderen, bis sie von allein ein Lied vom Träumen, vom Erwachen aus den Träumen zur Heilung und zum Leben spielten, ein Lied vom Winter, der wie die Winter vor ihm dem Frühling und der Ernte gewichen war. Er sang für die vielen vergangenen Tage und würde an all den kommenden, die unter den Monden kreisten, weitersingen. Des genauen Zeitpunkts, als die Musik in der kalten Luft erstarb und ihm die *Ryl* aus der Hand glitt, war er sich nicht bewußt. Er schlief traumlos. Schmerz und Schuldgefühle waren verschwunden.

„Harfner, Amaury!" weckte Chimenes Stimme ihn. „Ich habe Euch schlafen gelassen, solange es ging, aber wir müssen das Lager jetzt abbrechen. Das Frühstück ist fertig. Mir ist aufgefallen, daß Ihr kein Messer habt. Wenn Ihr essen wollt, werdet Ihr deshalb Rafis kleinen Dolch benutzen müssen. Hier, aber ... aber ..."

„Ich verstehe. Ich nehme das Messer an, ohne daß es für mich bedeutet, was das Geschenk oder Ausleihen eines Messers für gewöhnlich symbolisiert." Also hatten die Entsagenden dem Gedanken der geschworenen Brüder - beziehungsweise Schwestern - nicht entsagt.

Wie Amaury feststellte, war Chimene noch kürzer angebunden als gestern, als seien ihr die Geständnisse am Feuer des vergangenen Abends peinlich. Was hatten der Harfner und entlaufene Comyn-Lord und die Entsagende außer ihrem Leid miteinander gemein? Amaury brauchte die Ridenow-Empathie nicht, um Chimenes Verlegenheit zu spüren. Er teilte sie.

Nach dem stummen Verzehr von Brei und Trockenfleisch gingen sie nach draußen. Chimene zeigte Amaury das Tier, das er reiten sollte.

„Ich bin beschämt", murmelte er. „Ihr habt mich ohne jeden Besitz gefunden."

„Wir sind gestern übereingekommen, daß in den Hellers niemand freiwillig allein reist. Es ist ein fairer Handel. Ich wünschte nur, Ihr wäret nicht schwertlos."

„Trotzdem kann ich mich verteidigen." Verletzt über die verborgene Kritik an seinem Schwur, holte Amaury seine Matrix hervor, die er seit jener schrecklichen Nacht von Marelies Tod nicht mehr benutzt hatte. „Dies wird uns zeigen, ob uns Ya-Männer oder Katzenwesen folgen und ob sie mit den Trockenstädtern verbündet sind. Ihr wißt, manchmal kämpfen sie Seite an Seite mit den Katzen."

Die Matrix glitzerte, und Chimene kam interessiert näher.

„Seht sie nicht an", warnte Amaury.

Er blickte in die Tiefen des Steins, und sein Geist suchte mit der Empathie der Ridenows nach der nichtmenschlichen telepathischen Spur. *Denke kätzisch, Amaury: grausame Präzision, Stolz, schnelle wilde Gewalt … Kihar … die Katzen!* Sein Matrix-Stein flammte auf. Amaury kämpfte gegen seine Angst an, in dem Stein Marelie Hasturs Gesicht zu erblicken, so wie es kurz vor ihrem Tod gewesen war. Dann ließ er seinen Geist aus seinem Körper schweben …

Und berührte Hunger, Eitelkeit, übernatürliche Wachsamkeit … Katze! Und Katzenwesen besaßen eine Art von *Laran.* Es hieß sogar, daß die Ridenows vor Generationen, als sie selbst noch nichts anderes als Trockenstädter gewesen waren, ihr Blut mit dem der Katzenwesen gemischt hatten. Diese Katze hier bemerkte seine Anwesenheit und gab ein mentales Jaulen von sich. Amaury zog sich hastig zurück, und während sein Geist sich mit seinem Körper wiedervereinigte, spürte er das Kratzen scharfer mentaler Klauen.

„Die Jagd ist los!“ sagte er zu Chimene. „Die Räuber sind nur ein paar Meilen vor uns, und eins ihrer zahmen Katzenwesen hat meine Sonde wahrgenommen.“

Er sattelte Rafaellas Chervine, und es tat ihm um die Sekunden leid, die er verlor, als er die Steigbügel länger schnallte. „Ich kenne den Weg“, erklärte er. „Folgt mir, wir müssen die Straße verlassen.“

Der Reiter in ihm schrie Warnungen wegen seiner Geschwindigkeit. Trotzdem zwang Amaury sein Chervine fast zum Galopp auf dem schlechten Weg. Ob die Trockenstädter ihn kannten? Würden die Sinne des Katzenwesens ihn entdecken und sie geradenwegs zu ihm führen?

Es ging über rauhes Terrain steil aufwärts. Amaury zog die Zügel an und schwang sich von seinem Reittier.

„Falls sie nicht weitergezogen sind, haben wir sie jetzt umgangen. Seht her. Ich bin auf dieser Route von Carthon heruntergekommen ...“ – er kniete sich auf den Boden und schuf aus Schneehäufchen und Steinen eine Landkarte –, „... und *das* ist ein Berggrat der Hellers. Dahinter liegt die Grenze von Serrais.“

„Die Gildenmutter schärfte Rafi und mir ein, die Pässe zu dieser Jahreszeit zu vermeiden“, wandte Chimene ein. Behandschuhte Finger zogen eine Spur aus den Hellers nach unten und um sie herum wieder in die Domänen. „Das ist der Weg, den wir hätten nehmen sollen.“

„Kostet viel zuviel Zeit. Wir würden die Grenze der Domänen zehn Tage später als die Trockenstädter erreichen.“

Chimene blickte verzweifelt drein, was Amaury bewog, seine Schätzung ihres Alters scharf nach unten zu korrigieren. Waren sie und ihre Rafi jemals so weit von ihrem Gildenhaus weggeschickt worden? Er bezweifelte es. Das Mädchen war absurd jung für die Bürde, die so plötzlich auf ihre Schultern gefallen war.

Sie fürchtete sich. Höflich, als sei sie eine Frau seiner eigenen Kaste – *wie die kleine Felizia, die sich jetzt abmüht, Marelies Stelle einzunehmen* –, wandte er den Blick ab, denn Chimene drängte die Tränen zurück und kämpfte gegen ihre Angst an. Vielleicht verstand er wegen seiner langen Dienstzeit im Turm, daß auch eine Frau mit der Angst fertig werden mußte, um zu überleben. Taten die Frauen von Arilinn es nicht jedesmal, wenn sie in den Rapport eintraten? Und wie mußte sich Marelie in dieser letzten Nacht gefürchtet haben ... Was ihn betraf, so hatte er gelobt, über die Angst hinaus zu sein, und doch spürte er sie jetzt.

„Wie lange werden wir für die Überquerung der Pässe brauchen?“ fragte sie endlich mit fester Stimme.

„Es ist nur ein Paß“, antwortete Amaury. Er zeigte darauf. „Aber es ist der höchste in diesem Teil der Hellers. Man nennt ihn den Drachenhals-Paß. Ich war schon einmal drüben. Für Chervines ist es gerade eben möglich, ihn zu begehen. Seht her, ich zeige es Euch.“

Auf einer frischen Stelle formte er den Paß aus Schnee. Wer die Angst überwinden will, muß sehen, wovor er Angst hat – und Chimene sollte erfahren, wie der Paß aussah.

„Zuerst kommt ein langer Aufstieg. Wir werden zu Fuß gehen müssen, aber einen Trost haben wir. Da wir nur zwei sind, kommen wir viel schneller voran als unsere Feinde. Wahrscheinlich werden sie sich in zwei Gruppen teilen. Die eine nimmt die Route, die Eure Gildenmutter vorschlug. Das wird die mit dem Katzenwesen sein; Katzen lieben die hohen Pässe nicht. Ich hoffe, Ihr tut es.“

Chimene zuckte die Schultern. Sie sprach mit dem Akzent des Hochlandes, also mußte sie an eine gewisse Höhe gewöhnt sein. Aber Amaury machte sich Sorgen, ob sie in einer Höhe durchhalten würde, in die sich nur ausgezeichnete Bergsteiger und Verrückte wagten. Falls ihr Körper die dünne Luft nicht vertrug, würde sie wahrscheinlich an einem Herzanfall sterben, so jung und kräftig sie auch war.

Amaury wollte sie schon warnen, doch dann unterließ er es. Er würde von Glück sagen können, wenn er mit seiner Kopfverletzung nicht vom Schwindel gepackt abstürzte. Schwindel, Wind und Bergrutsche waren die Feinde im Drachenhals.

„Der Name ist kein gutes Omen", meinte Chimene.

„Es ist ein treffender Name für den Paß. Der Pfad hinauf ist eng und windet sich wie der Weg zu einem Drachenhort – und dem wartenden Drachen. Dann fällt eine der Felswände, zwischen denen wir hindurchkommen, ganz plötzlich ab. In der einen Minute ist man von nacktem Stein eingeschlossen, in der nächsten hat man mehrere tausend Meter kalte Luft zur Rechten, und der Wind ist ... ziemlich unangenehm. Das ist der Atem des Drachen. Es ist ein eisiger Drache, glaubt mir."

„Und die Fänge sind die Felsen unten? Gibt es dort Banshees?"

„Das letzte Mal, als ich oben war, waren keine da."

„Bergrutsche?"

„Im Frühling sind sie schlimmer."

„Das ist keine Antwort", stellte Chimene fest.

„Chimene, der Drachenhals-Paß gibt keine Antworten. Trifft uns ein Bergrutsch zwischen den Felsen oder auf dem Sims, der weniger als einen Meter breit ist, sind wir erledigt. Aber wenn die Räuber dicht hinter uns sind, erwischt es sie ebenfalls. Zumindest werden sie dann die längere Route nehmen müssen, und Serais kann sich verteidigen, wenn es so viel Zeit bekommt."

Chimene lachte. „Wir sind also nur Köder! *Dom,* wenn Ihr nicht bereits an einem Schlag auf den Kopf littet, würde ich sagen, Ihr hättet zu viele von Euren eigenen Balladen gehört! Wie dem auch sei, ich glaube, daß wir keine andere Wahl haben ... und sie schulden mir ein Leben. Wann brechen wir auf?"

Amaury erhob sich und wischte den Schnee von den Händen. Wieder zog er seine Matrix hervor, hielt sie an den Mund und wärmte den Kristall und seine Hände mit seinem Atem. Noch einmal schweifte sein Geist hinaus, berührte den des Katzenmannes so höhnend, daß der Nichtmensch vor Wut aufheulte. Jetzt würden die Räuber ihnen bestimmt folgen. Den Klauen, den Fängen und der schäumenden Wut des Katzenmannes mental ausweichend, zog sich Amaury zurück, nicht ohne eine Andeutung über ihren Aufenthaltsort zu geben, die das Wesen reizen und veranlassen sollte, seine Verbündeten darüber zu informieren.

„Diese Katze braucht bloß einmal zu miauen, und die anderen werden sich auf unsere Fährte setzen. Kommt."

Sie stiegen auf und ritten den ganzen Vormittag weiter. Mittags hielten sie an. Wieder überprüfte Amaury die Position der Räuber. Sie waren noch auf ihrer Fährte, aber zu nahe, viel zu nahe. Amaury und Chimene hatten fast keinen Spielraum für ihre Sicherheit oder einen Irrtum.

Er wollte es ihr sagen, doch plötzlich taumelte er. Die nicht mehr gewohnte Matrix-Arbeit, die Kopfverletzung und die zunehmende Höhe wurden zuviel für ihn. Der trübe Himmel verfinsterte sich beinahe ganz, und hinter seinen Augen wirbelten Lichter. Wie aus großer Ferne spürte er Chimene an seinen Schultern ziehen, hörte er ihre Stimme seinen Namen rufen, ihm zureden ...

„Könnt Ihr reiten?" fragte sie. Ihr dünner Arm lag um seine Schultern, hielt ihn im Sattel fest. Als sie ihn losließ, begann er wieder zu schwanken. „Wo ...?"

„Ich bin hier, Amaury", beruhigte ihre Stimme ihn. „Ich bin abgestiegen, damit ich Euch im Sattel festbinden kann. Laßt Euch nach vorn fallen, wenn das bequemer ist. Schlaft ruhig. Ich nehme die Zügel."

Amaury schreckte aus dem Schlaf, versuchte, sich umzudrehen, und merkte, daß er festgebunden war. Es war ein Augenblick nackten Entsetzens.

Dann erinnerte er sich, daß er das Bewußtsein verloren und sein Leben Chimene anvertraut hatte. Wieder hatte sie es ihm gerettet.

Sie hörte das Geräusch, das er bei seinem krampfhaften Ringen nach Freiheit machte. „Ihr seid wieder wach. Ich werde Euch beim nächsten Halt losbinden."

„Ihr legt mich in Ketten, *Mestra?"* Amaury zwang ein Lachen hervor.

„Ich möchte mit dem Absteigen keine Zeit verlieren. In den letzten paar Stunden ist es stetig aufwärts gegangen, und unsere Geschwindigkeit hat sich verringert."

Natürlich hatte sie recht, dachte Amaury. Er hatte sich ihrer Führung anvertrauen müssen, solange er bewußtlos gewesen war, doch jetzt stellte er fest, daß es ein unangenehmes Gefühl für ihn war, sich in der Gewalt eines anderen zu befinden. Das sagte er ihr.

„Es ist eine neue Erfahrung für Euch", antwortete Chimene ironisch. „Ihr seid älter als ich, Ihr habt das ganze Gebiet der Domänen bereist, während ich - dies sollte Rafis und mein erstes größeres Unternehmen sein. Wir hatten geplant, uns den Hafen anzusehen, vielleicht sogar auf einem der Boote anzuheuern. Ihr habt alles gesehen, seid alles gewesen vom *Laranzu* bis zum vagabundierenden Harfner, doch in Fesseln habt Ihr noch nie gelegen."

„Ihr vielleicht?" Amaury konnte sich eine gehorsame, unterwürfige Chimene, die wie eine Comyn-Lady auf ihre Schuhspitzen niedersah, nicht vorstellen. Falken sind zum Fliegen geschaffen.

„Bevor ich ins Gildenhaus kam, wollten sie - mein Onkel, der mein Vormund war, und meine Tante - mich mit einem ihrer jüngeren Söhne verheiraten. Oh, wir mochten uns recht gern, aber keiner von uns beiden ... ebenso wie ich wünschte sich Coryn zu wandern, und ich wußte bereits, daß ich die Gesellschaft von Frauen der von Männern vorzog. Und da war ein Mädchen im Dorf ... Es kam heraus, und mein Onkel, der doch die Nutznießung meines Landes und schon genug von mir profitiert hatte, schloß mich in meinem Zimmer ein und drohte, mich auszupeitschen, wenn ich nicht auf der Stelle Coryn heiratete und mich benähme wie eine ‚richtige Frau'". Sie spie das Wort aus.

„Er erlaubte meiner Tante nicht, mich zu sehen; sie verbrachte ihre Zeit zum größten Teil mit Weinen. Aber Coryn – nun, das Mädchen sprach mit ihm, und um eine kurze Geschichte daraus zu machen, sie halfen mir zu fliehen. Und ich ging ins Gildenhaus, wo ich Rafi kennenlernte, und ich glaubte, mein Leben nach meinen Wünschen eingerichtet zu haben ..."

Aber wie meins wurde es durch eine Tragödie zerstört. Nur läßt du dich nicht unterkriegen, dachte Amaury. *Du bist jünger als ich, du hast keine lange Reihe heldenhafter Ahnen, deren Tradition dir eingebleut wurde, bis du nur noch ihre Marionette warst, aber du kämpfst weiter. Würde Aldones uns in diesem Augenblick gegeneinander abwägen, wärest du die Siegerin. Du bist niemals vor deiner Pflicht geflohen, du bist nicht umhergewandert und hast traurige Lieder gesungen, nachdem deine Rafi gestorben war. Und vielleicht wirst du sterben müssen, weil du mir hilfst, die Vernachlässigung meiner Pflichten wiedergutzumachen.*

Als der Anstieg zum Paß schließlich so steil wurde, daß sie nicht mehr reiten konnten, stieg Chimene ab und half Amaury, der von dem langen unbeweglichen Sitzen steif war, vom Rücken seines Chervines. Beide durchsuchten ihre Satteltaschen nach Trockenobst, Nüssen, Reisebrot – nach allem, was ihnen Energie für den nächsten und schwersten Teil ihrer Reise geben würde. Amaury zwang sich, beim Kauen rasch auf und ab zu gehen und die Hände vor und hinter dem Körper zusammenzuschlagen, damit die Blutzirkulation in Fingern und Zehen angeregt wurde.

Chimene blickte zum Himmel auf. Obwohl Liriel niedrig stand und im violetten Licht des Nachmittags leuchtete, blieben ihnen noch mehrere Stunden Tageslicht. Und, gelobt seien Evanda und Avarra, der Himmel war bis auf ein paar feine Striche von hohen Wolken klar. Amaury bemerkte, daß Chimene den Hang hinaufsah und dann ihn abschätzend musterte.

„Fühlt Ihr Euch wieder fit?“ fragte sie. „Wenn ja, solltet besser Ihr die Führung übernehmen, weil Ihr das Land kennt.“ Widerstrebend verzichtete sie auf die Autorität, die sie, wie er wußte, genossen hatte.

„Aber wenn sie uns angreifen, seid Ihr ...“ Amaury brach ab, bevor sie ihn erinnern konnte, daß er ein schwertloser Mann war. „Gut, ich führe“, stimmte er zu.

Die blutige Sonne senkte sich dem Horizont zu, und der Wind frischte auf, als Amaury stehenblieb. „Eßt etwas, solange Ihr es noch könnt, Chimene“, befahl er. „Das hier ist die letzte Stelle, an der es möglich ist anzuhalten. Ich werde einmal sehen, was unsere Freunde machen.“

Der Gebrauch der Matrix mochte seine Kräfte gefährlich erschöpfen; noch schlimmer war es jedoch, wenn sie nicht wußten, wie weit hinter ihnen ihre Feinde waren. Sie wagten es nicht, die Verfolger ganz abzuhängen, aber wenn sie im nächsten Augenblick das Klirren von Harnischen, das Knirschen von Stiefeln und Hufen im Schnee des gewundenen Wegs zum Paß hinauf hörten, waren sie wahrscheinlich verloren. Nach diesem Haltepunkt stand ihnen kein Fluchtweg mehr offen. Nackte, zerklüftete Klippen mauerten sie auf beiden Seiten ein. Der Stein in Amaurys Händen schimmerte. Er schrie auf und schob ihn wieder unter seine Jacke.

„Schnell!" rief er.

Ihr Tier am Zügel nachziehend, folgte Chimene ihm ohne Hoffnung auf ein Entrinnen in den Pfad zum Drachenhals. Jetzt waren sie in dem Hohlweg aus eisigen Felsnadeln.

„Denkt daran", warnte Amaury sie, „genau vor dem Sims, den wir überqueren, tut sich ein Abgrund auf. Wir müssen uns dort verteidigen, oder vielleicht kommen wir hinüber, bevor ..."

„Und vielleicht hat Durramans Esel Flügel und schlägt sich gerade eben in seinem Großen Haus den Bauch voll – Zandru lasse seine Mannheit verdorren! Trotzdem wollen wir versuchen, so weit wie möglich zu kommen. Schlimmstenfalls können wir von den Klippen springen. Rafi hatte recht, besser tot als entehrt. Das ist meine Überzeugung. Und Ihr, *Dom?* Wollt Ihr es Euch gefallen lassen, gegen Lösegeld festgehalten zu werden?"

„Ich habe meiner Familie schon genug Schande gemacht", erwiderte Amaury. „Vorwärts mit dir!" Er riß an den Zügeln seines Tiers, zwang ihm den Kopf nach oben und zerrte es hinter sich den Berg hoch.

„Wenn wir es wenigstens bis auf den Sims schaffen! Das ist die Drachenzunge ..."

„Sie können uns hinunterwerfen, wie es ihnen Spaß macht", wandte sie ein. „Wir stellen perfekte Ziele dar."

„Die Chervines geben uns etwas Schutz." Amaury wühlte den Inhalt von Rafaellas Satteltaschen durch, zog eine Decke, Lebensmittel heraus ... „Versucht, beim Gehen zu packen, Chimene. Auch wenn wir die Tiere am Paß opfern müssen, brauchen wir immer noch die Vorräte, wenn wir hinüberkommen wollen."

Amaury hatte vergessen, daß es hier so steil und so kalt war. Er hoffte, den Paß besser im Gedächtnis behalten zu haben als … andere Dinge. Sein Blick fiel auf das abgenutzte Leder einer Scheide. Rafaellas Schwert. Aber, wie er zu Chimene gesagt hatte, er hatte seiner Familie schon genug Schande gemacht. Selbst wenn er das Schwert nahm, Chimene vorausschickte und bei dem Versuch starb, etwas Zeit für sie zu gewinnen, brach er einen Eid. Und er zweifelte daran, daß sie gehen würde.

Der Boden war uneben. Amaury stützte sich mit einer Hand an der Wand zu seiner Linken ab. Rechts kam gleich der jähe Abgrund. Die Notwendigkeit, sich zu beeilen, und, ja, die Angst, die seine Brust beengte, schien die kalte, dünne Luft noch dünner zu machen. Sein Atem rasselte, und der Schweiß lief ihm über den Körper. Messer durchstachen seine Lungen, und das Weitergehen wurde zur Qual. Er blieb stehen, krümmte sich und rang nach Atem.

„Wenigstens", keuchte Chimene, „werden sie … die gleichen Schwierigkeiten haben …"

Er staunte, daß sie noch fähig war zu sprechen. Götter, war sie stark!

Vor Jahren, lange bevor er im Auflodern blauer Flammen aus der Matrix einer sterbenden Bewahrerin die Nerven verlor, hatte Amaury Chervines über die Drachenzunge geführt. Er würde es wieder tun müssen: Ein Fehltritt konnte die Frau töten, die sich hinter ihm Schritt für Schritt weiterkämpfte. Er riß seinen Schal vom Hals und benutzte ihn als Augenbinde für das Chervine. „Ruhig, ruhig, Surefoot, guter Junge", murmelte er und versuchte, das Tier mit Händen, Stimme und *Laran* zu beschwichtigen. Wenn es in Panik losrannte, würde es ihn wahrscheinlich vom Sims stoßen … und Chimene mit.

Der Weg öffnete sich auf den eigentlichen Paß, und der Wind riß an ihm. Er preßte sich gegen die Klippenwand, zwang sich, nicht an die Leere so tief unten zu denken, auch nicht an den Wind, scharf wie die Zähne von Alars Wölfen und viel hungriger. Unter seinen Füßen und zu seiner Rechten wogten Wolken und verbargen gnädig die Felsen.

„Schön ruhig", sang er im Weitergehen, zu konzentriert auf das Ertasten jedes Schrittes und jeder Handhabe, als daß er einen Gedanken für Chimene übrig gehabt hätte. Das Chervine wieherte, als es den Wind an seiner Flanke spürte, aber es kam mit.

Amaury schob sich auf den Sims hinaus, den er die Zunge genannt hatte. Die Hälfte des Weges ... Vorsicht, lose Steine! ... Drei Viertel ... *„Hier ist eine Biegung!"* rief er und hoffte, der Wind werde seine Warnung zurücktragen. Vor ihm fiel der Sims plötzlich nach unten ab. Ein Dummkopf könnte sich hier beeilen, und das wäre dann die letzte Dummheit seines Lebens gewesen.

Abwärts.

Vorsichtig.

Von der Kante splitterten Stücke ab, fielen klappernd, tödlich, wenn sie ihn trafen, tödlich, wenn sie ihn ablenkten. Und dann war er drüben, jenseits des Halses, schickte das Chervine mit einem Klaps an sich vorbei auf den Weg, der bald breiter werden würde und ins Tal und in die Sicherheit hinabführte ... falls ihnen so viel Zeit blieb, sich zu verstecken.

Er faßte nach Chimenes Hand, die wie seine eigene abgebrochene Nägel hatte und hart und kräftig war, und zog auch sie an die sichere Stelle.

„Hier ist der Weg breiter, aber wir können uns immer noch den Hals brechen", sagte Amaury. Ihm war übel. Sie hatten den Paß überquert, vor ihnen lag ein leichter Abstieg, doch es nützte ihnen nichts. Sie würden kämpfen müssen. Und er war ein schwertloser Mann. Trotzdem würde er kämpfen. Seine Hand fuhr an das Gürtelmesser, das Chimene ihm geliehen hatte.

„Nehmt Rafis Klinge!“ befahl sie.

„Nicht einmal, um mein Leben zu retten ... oder Eures!“ widersprach er. „Mein Eid ...“

„Männer-Torheit!“ schimpfte sie.

„Und gebt ihr Amazonen so wenig auf euer geschworenes Wort?“

„Verdammt sollt Ihr sein, Ihr habt keine Ahnung von den Entsagenden! Nehmt ihre Klinge. Das ist kein *Schwert!* Wißt Ihr denn überhaupt nichts? Als Varzil der Gute uns die Charta gab, erlaubte er uns Waffen, aber keine Schwerter ... Es ist ein langes Messer, das Heft unterscheidet sich gerade genug vom Griff eines Schwerts ... Nehmt es!“ Sie zog es aus der Scheide und reichte es ihm, indem sie es bei der Klinge faßte, der mehrere Zoll an der eines Schwertes fehlten. „Mein Messer und Eures!“ keuchte sie. „Oder möchtet Ihr lieber singen, während sie Euch töten?“

„Mein Messer und Eures“, stimmte Amaury zu. Die Waffe war kürzer als die Schwerter, denen er entsagt hatte, und leichter, aber das Heft in seiner Handfläche gab ihm ein Gefühl von Kraft. Nicht länger war er der hauslose Sänger, dem die Trauer die Ehre ersetzt hatte. Er war wieder er selbst, Amaury, Prinz von Elhalyn, und er verteidigte Serrais, das ihn großgezogen hatte. Er schwang die Klinge, und das Pfeifen des raren Stahls (diese Rafaella hatte ihre Waffe fachmännisch gepflegt) war ihm wie ein lange nicht mehr vernommener süßer Klang. Er legte einen Finger gegen die Schneide, um sie mit dem ersten Blut zu benetzen, und als er sich neben Chimene zum Kampf bereitstellte, lachte er.

Der erste Räuber geriet in Panik, als er vor sich eine, zwei glänzende Klingen, nackten Fels und unter sich wirbelnde Wolken sah. Er stürzte schreiend ab. Der zweite ...

„Zu mir!“ rief Chimene. Amaury stellte sich mit ihr Rükken an Rücken. Sie hielt einen Dolch in der rechten Hand, das lange Messer in der linken, und beide Waffen waren gerötet. Amaury trat einem bärtigen Kerl in den Bauch, der grunzte, das Gleichgewicht verlor, kreischend die Gefahr erkannte und abstürzte. Amaury fuhr herum und wollte Chimene im Kampf mit dem letzten der Männer beistehen.

„Hab' ihn schon", sagte Chimene. Ihre Klinge beschrieb einen blitzenden Bogen abwärts, aber der Räuber sprang zur Seite. Der Stahl traf den Stein, klirrte und zersprang, und das Heft fiel ihr aus der Hand. Schon stürzte der Räuber sich auf sie. Chimene ließ sich gegen den Angreifer fallen, nützte die Überraschung des Mannes aus und trieb ihm den Dolch in die Kehle. Er brach zusammen, zerrte sie mit sich zu Boden, und sie rollten auf den Abgrund zu. Amaury warf sich hin und packte Chimenes Arm.

„Festhalten!"

Der Räuber fiel. Er nahm Chimenes Dolch (und beinahe auch Chimene) mit sich hinunter in den Drachenhals. Amaury spürte, wie die Muskeln ihres Arms sich spannten. Einen herzzerreißenden Augenblick lang schwebten sie zwischen der Felskante und dem Nichts. Dann hatte sie ihre Arme auf die seinen gelegt, sie löste eine Hand, sie umklammerte den Fels, und er half ihr, die Beine über den Rand zu schwingen. Schließlich lagen sie beide, erfüllt von unendlicher Dankbarkeit, in Sicherheit auf dem Sims.

Ihr Atem wehte ihm stoßweise ins Gesicht. Er ließ sie vorauskriechen. Teils auf dem Bauch, teils auf den Knien folgte er ihr. Hinter der Biegung lehnte sie an der Felswand, immer noch nach Atem ringend. Das Heft und ein Stückchen Klinge des Messers baumelten, durch eine Schnur gesichert, von ihrem Handgelenk.

Amaury taumelte zu ihr, warf die Arme um sie, halb im Triumph, halb, um sich aufrecht zu halten, und preßte sie an sich.

Aldones! Dies Gefühl, sie lebendig in meinen Armen zu fühlen ...

Marelie war für ihn eine Königin, eine Göttin gewesen, erhaben und unberührbar in ihrer roten Robe. Diese Frau, kaum der Kindheit entwachsen, mit ihrem kurzen, verwuschelten Haar, den drahtigen Armen, die ihn gestützt hatten, dem sehnigen Körper, der viel zu dünn war, um Anspruch auf Schönheit erheben zu können - sie war Chimene, die ihm das Leben gerettet hatte, und er hielt sie fest, ohne zu merken, wann sie sich von der Gefährtin, mit der er die Räuber besiegt hatte, in die Frau verwandelte. Er beugte den Kopf, seine Lippen suchten ihren Mund. Ihm war nicht nur von der Höhe und dem Kampf schwindelig ...

Und sie riß sich von ihm los.

„Wenn ich daran denke, daß ich einmal zu Rafi sagte, vielleicht hätten Comyn-Lords noch andere Dinge im Kopf als die Schürzenjagd!“ Der grausame Hohn ernüchterte ihn schneller, als wenn sie sich gewehrt hätte. Benommen vor Verlegenheit und Erschöpfung sah er zu, wie sie die Zügel ihres Chervines ergriff. Ein paar Minuten weiter abwärts war eine Stelle, wo sie anhalten konnten. Und dann, bei allen Höllen Zandrus, würde sie ihm Rede und Antwort stehen müssen! Hatte er ihr nicht das Leben gerettet? Und ihr ganzer Dank war, daß sie ihm Beleidigungen an den Kopf warf? Schweigend folgte er ihr.

Chimene stand da und wartete auf ihn. Ihr Tier war abgesattelt, und sie hatte ihm eine Decke über die wogenden Flanken gelegt. Sie hielt die Hände offen an den Seiten. Das Heft ihres Messers (nicht eines Schwertes, was der Grund war, daß sie beide noch lebten) baumelte lächerlich von der ausgefransten Schnur.

„Laßt mich zuerst sprechen“, sagte sie. „Ich ... wünsche nicht, daß ein Mann mich berührt ... auch wenn Ihr es seid, Amaury. Und ich würde mich im Augenblick auch nicht mit einer Frau einlassen, nicht so schnell nach Rafi ... Ihr wißt, was ich bin." Ihre Hand wischte über ihr Gesicht und hinterließ saubere Streifen in dem Schmutz.

Die Geste verriet eine so absurde Verwundbarkcit, daß Amaurys Zorn verebbte. Und er hatte gedacht, er habe kein *Kihar,* keinen männlichen Stolz mehr zu verlieren! Darin hatte er sich geirrt wie in so vielen Dingen. In seiner Erleichterung, im Siegestaumel hatte er sich gedankenlos ihr zugewandt. Sie aber hatte ihn abgelehnt ... und das war ihr gutes Recht.

„Ich hatte vergessen, daß Ihr ... eine Liebhaberin von Frauen seid", erwiderte er. „Ich hatte alles vergessen. Es tut mir leid." Es tat ihm leid, daß er sie beleidigt hatte, daß sie um Rafaella trauerte und daß das Blut, das in seinen Adern kochte, sich von selbst würde abkühlen müssen.

„Das bin ich ... aber es ist ein Messer zwischen uns, *vai dom.* Und ein Leben. Meins. Ich danke Euch."

„Es ist schon vorher ein Leben zwischen uns gewesen. Ihr habt mir das meine gerettet. Wir sind quitt ..." Amaury musterte sie scharf. *Sollten wir uns jetzt, wo wir quitt sind, nicht besser trennen? Es würde leichter sein, als zusammen durch ganz Serrais zu ziehen.* Ein ängstlicher Ausdruck huschte über ihr Gesicht.

„Ihr habt mir eine Klinge gegeben ... die Klinge Eurer Rafi. Möchtet Ihr sie zurückhaben?" Unwillkürlich war er in die formellste Form der *Casta* übergewechselt und kaschierte das peinliche Gefühl zwischen ihnen mit ritueller Höflichkeit.

„Das Geschenk ... wurde dem Rechten gegeben", antwortete sie auf die gleiche Art. „Rafi würde nichts dagegen einzuwenden haben. Auch ich habe nichts einzuwenden. Dein Messer und meins, *Bredu.*"

In dieser Form benutzt, bedeutete das Wort „geliebter Bruder". Nicht Geliebter. Es genügte, dachte Amaury. Auch wenn die Leute in Elhalyn oder Serrais lachen, auch wenn man ihm im Rat Vorwürfe machen sollte, ihn würde es bis ans Ende seines Lebens mit Stolz erfüllen, der *Bredu* dieser Frau zu sein.

„*Breda*", sagte er schlicht und hielt ihr die Hände entgegen. Sie kam, und sie umarmten sich als *Bredin.* Er hielt sie vorsichtig und trat zurück, bevor sie es tun konnte. Diese Berührung und seine Sorgfalt, sie nicht zu beleidigen, erweckten sein *Laran.*

... Wenn ich nicht wäre, was ich bin, Menhiedris, eine Liebhaberin von Frauen ... ja, das bin ich nun einmal ... Aber die Gildenmutter sagte Rafi und mir, als wir uns den Eid schworen ... „Der Tag mag kommen, wo ihr euch Kinder wünscht ... wenn ihr älter seid ..." Wie kann ich wissen, was ich mir später wünschen werde?...

Ihre Gedanken zwangen ihn zur Antwort. „Ich würde nie versuchen, dich an mich zu binden, Chimene. Ebensogut könnte ich versuchen, dich in eine Trockenstädterin zu verwandeln. Aber ich bin ein Ridenow, und ich spüre deine Gedanken. Es mag durchaus der Tag kommen, wo du dir Kinder wünschst, wie deine Gildenmutter gesagt hat. Auch wenn du eine Liebhaberin von Frauen bist ... komm dann zu mir. Der Gedanke, daß du und ich ein gemeinsames Kind haben, wäre mir eine große Freude."

„Und würde ein Comyn-Lord einen Erben, ein Kind, das vielleicht *Laran* hat, einer Amazone überlassen?" Es hieß *Entsagende,* wie sie ihm mehrmals scharf erklärt hatte. Die Tränen strömten ihr über die Wangen, obwohl ihre Stimme hart und dünn vor Sarkasmus klang. Er kannte diese seine *Breda* jetzt, er wußte, daß sie sich mit verletzenden Worten gegen ihre eigenen Gefühle verteidigte. Genau wie er empfand sie zu tief.

„Wie kann mir meine *Breda* eine solche Frage stellen? *Bredin* teilen", erklärte Amaury. Wie stolz könnte er sein auf einen Sohn mit ihrem Mut oder eine Tochter, von Chimene zu einem Abbild ihrer selbst erzogen! Ihm war bestimmt, eines Tages zu heiraten und legitime Kinder zu zeugen, Erben seines Besitzes, aber wenn Chimene sich ein Kind wünschte, würde er es lieben und mit Freuden bei sich behalten, ebenso wie seine Mutter, so lange sie wollte. Und wenn sie von ihm nicht mehr verlangte als die Wärme des Herdes, dem er jetzt entgegeneilte, um ihn zu verteidigen, war er bereit, auch das zu akzeptieren. Gern. Mit dem Takt eines Ridenow-Empathen - oder eines Harfners - wechselte er das Thema. Welche Entscheidung Chimene auch fällte, es würde die richtige sein.

„Wenn wir uns beeilen, sind wir bei Dunkelwerden im Tal. Dann ist die Grenze von Serrais nicht mehr weit, und vielleicht finden wir ein Rasthaus am Weg, Chimene. Der reine Luxus! Glaubst du nicht, wir haben ihn uns verdient? Dort erholen wir uns und lassen die Chervines ausruhen. Dann reiten wir weiter nach Serrais oder auf mein Gut oder zu einem Ort, der nahe genug ist, daß ich mit meinem *Laran* eine Botschaft senden kann. Aber ich bestehe darauf, daß du dir die Gastfreundschaft der Comyn, die du immer so schnell herabsetzt, gefallen läßt."

Sie begegnete seinem Blick. „Ich muß mich bald im Temora-Gildenhaus melden."

„Ich weiß. Auf jeden Fall brauchst du eine Ausrüstung für die Reise - Lebensmittel, frische Kleider, eine neue Klinge." Er wies auf den Überrest ihrer Waffe. Ihre Augen folgten der Geste, und zum erstenmal, seit er sie kannte, lachte sie ohne Bitterkeit. Sie löste die Schnur von ihrem Handgelenk.

„Adlige Häuser haben wohl einen ganzen Vorrat von solchen Klingen?"

„Kaum. Ihr Entsagenden haltet euch von uns ebenso fern wie wir uns von euch. Aber da ist ein Schwert - meins, als ich ein Junge war -, das kurz genug ist, um nicht gegen eure Charta zu verstoßen. Und wenn daran etwas umgeändert werden muß, werden die Schmiede auf meinem Gut deinen Anweisungen gehorchen."

Sie blickte verwundert zu ihm auf. „Sollte eine solche Klinge nicht auf deinen Sohn übergehen?"

„Laß mich erst einmal einen Sohn haben. Du hast mir Rafaellas Waffe nicht mißgönnt, und ich werde dir diese nicht mißgönnen. Trage sie mit meinem Segen. Der Sohn, den ich einmal haben mag, kann warten, bis er groß genug ist, das Schwert zu führen, dem ich entsagt habe. Du weißt, Chimene, in dieser oder jener Beziehung haben wir beide entsagt. Willst du meine Klinge annehmen?"

„Mit Stolz, *Bredu.* Laß uns jetzt machen, daß wir nach Serrais kommen. Denn wenn wir weiter Höflichkeiten tauschen wie zwei Großväter zu Mittwinter, frieren wir noch an."

Die blutige Sonne versank an dem düsteren Himmel. Die aus dem Drachenhals führende Spur verbreiterte sich zu einem Trampelpfad, der sie schließlich auf die Straße brachte. Die Monde gingen auf und spendeten Licht, so daß sie sicher bei Nacht reiten konnten. Das erste Rasthaus, zu dem sie kamen, war leer; neben dem Kamin war Holz aufgestapelt, trocken und reichlich. Sie aßen, und dann legte Amaury weiteres Holz aufs Feuer. Er packte seine *Ryl* aus. Seine Müdigkeit und das Licht des Feuers hatten ihn in eine träumerische Stimmung versetzt, der er in Liedern Ausdruck geben mußte.

Zu seiner eigenen Überraschung verwandelten sich seine Gedanken nicht in Moll-Klagen um eine verlorene Dame. Statt dessen griffen seine Finger eine martialische Melodie. Es war eine gute Melodie für die Schilderung eines Abenteuers, dachte Amaury, auch ihres eigenen.

„Was hältst du von diesem Lied über unsere Reise, *Breda?*" fragte er Chimene. „‚Harfner und Heldin' werde ich es nennen. Du hast die Wahl. Soll ich ein Epos oder eine Ballade daraus machen?"

„Eine Satire", riet sie ihm gähnend. „Auch wenn die Trokkenstädter zurückgeschlagen sein werden, wird kein Mensch jemals ein Lied glauben, das du über uns singst!"

Dies eine Mal, nahm sich Amaury vor, würde er Chimene beweisen, daß sie unrecht hatte.

Mary Frances Zambreno

Windmusik

Wind-Music

Corys Ridenow legte die kleine Harfe hin und seufzte. „Diesen Akkord schlage ich nie richtig an."

„Und was ist richtig?" fragte Lady Marelie Ridenow von Serrais leicht belustigt. „So, daß er gut klingt?"

„Nein - ach, du weißt schon. Ihn so zu spielen, daß er gut klingt, ist leicht." Kleine, feine Hände - zarte Jungenhände, Hände anderer versprochener Kinder, glitten über die Saiten. „Das hört sich an, wie es sollte - nur, um es richtig zu machen ..." Er versuchte es von neuem, und wieder kamen ihm seine Finger ungeschickt vor. „Du hältst mich wohl für dumm."

„Ich? Nein." Seine Mutter war sehr froh, daß sie ihr Lächeln beibehalten hatte; er war scharfsinnig, dieser ihr jüngster Sohn. „Gib mir deine Hand. So - nun spreize die Finger." Müde gehorchte er. „Eins, zwei, drei, vier, fünf, sechs - was ist so schrecklich daran, sechs Finger zu haben? Deine Hände sind noch nicht groß genug, um den Akkord mit fünf Fingern zu spielen."

„Schrecklich ist es nicht", sagte er. „Es ist nur, daß ... oh, ich weiß nicht. Auster und Kell haben nur fünf ... und Dorata ..."

Und sein Vater, setzte Marelie im stillen hinzu. Rannan, den der Junge so bewunderte und doch fürchtete -

der Junge, der nicht wußte, was sein Vater an ihm mißbilligte.

„Margatta hat sechs", stellte sie fest.

„Margatta ist noch ein Baby."

Und du bist ein erwachsener Mann? Oh, mein Sohn ...

„Sechsfingrige Hände sind in meiner Familie nicht ungewöhnlich", erklärte sie geduldig. „Sie sind Teil unseres Erbgutes. Du solltest stolz darauf sein."

Obwohl - sie wandte das Gesicht ab, aber Corys sah ihr Lächeln doch - es keinem ihrer Serrais-Brüder eingefallen wäre, auf sechsfingrige Hände stolz zu sein. Sie waren das Merkmal für *Chieri*-Blut und gelegentlich das der *Emmasca.* Aber für einen Sohn der Ridenows, dessen Mutter nicht das Recht gehabt hatte, ihn zu gebären, mochten sie durchaus ein Grund zum Stolz sein, denn sie bewiesen die Verwandtschaft mit dem Blut Hasturs und Cassildas - oder, berichtigte sie sich, mit den Zauberer-Lords der Domänen.

„Mutter, an was denkst du?"

„An meinen Vater."

„Denkst du oft an ihn?"

„Nein." Entschlossen wandte sie ihre Gedanken von diesem Thema ab. Der jüngere Bruder des Lords von Serrais hätte ihr jetziges Leben niemals gebilligt - ihre Ehe, ihre Kinder -, aber eine Frau kann nicht immer weiter Kinder sterben sehen, nicht immer weiter allein leben. Sie war jung gewesen, als Rannan sie erwählte, doch sie war aus freien Stücken mit ihm gegangen. Hatte ihr die älteste Tochter von Serrais nicht den Weg gewiesen? Sie hatte darauf vertraut, daß jedes Kind eine gute Überlebenschance haben würde - und tatsächlich hatte bisher jedes die Pubertät überstanden. Aber alte Ängste sind hartnäckig, und wo es *Laran* gab, gab es auch die Schwellenkrankheit. „Er ist vor langer Zeit gestorben."

„Bevor du meinen Vater geheiratet hast?"

„Lange vorher."

„Mutter ..." – die Hände des Jungen berührten lustlos die Harfensaiten –, „... warum hast du es getan? Vater geheiratet, meine ich."

„Nun, weil es mein Wunsch war. Das weißt du, mein Sohn."

So nennt sie mich, aber niemals Auster oder Kell. Weil sie älter sind? Das sagt Dorata, und sie müßte es wissen. Dorata ist jetzt selbst schon verheiratet, und sie sagt, Mutter hat nur für die Kleinen Interesse. Margatta ist noch zu klein, um es zu merken, aber ich sehe es ...

„Hat Lady Cyrilla meinen Onkel Garris aus dem gleichen Grund geheiratet?" fragte er kühn. „Daryl sagt, manchmal glaubt er, sie hasse seinen Vater."

„Lady Cyrilla grollt darüber, daß sie zu ihrer Wahl gezwungen wurde", antwortete Marelie. „Aber sie hätte sich nicht zwingen lassen, wenn sie Daryls Vater gehaßt hätte – und sie liebt ihre Kinder. Wie geht es Daryl? Er war lange nicht hier."

„Er ist krank – hat Husten."

„Das könnte schlimm sein. Seine Mutter ist an der Lungenkrankheit gestorben."

„Die alte Anya sagt, es sei nichts. Sie sagt, er macht immer viel Wirbel um kleine Wehwehchen. Mutter, warum kann die alte Anya ihn nicht leiden? Gegen Lady Cyrillas Kinder hat sie nichts."

„Dein Onkel heiratete Cyrilla, als seine erste Frau alt und schon einmal ersetzt worden war – von Daryls Mutter." Die arme, zarte kleine Damris, so blaß und so offensichtlich ungeeignet für das rauhe Klima dieser Berggegend, in die ihr Mann sie gebracht hatte! „Anyas Kinder waren zu der Zeit alle erwachsen und hatten sich in Shainsa selbständig gemacht, und sie hatte seit langem aufgehört, sich neuer Eifersucht hinzugeben ..." Außerdem konnte sie gegen Cyrilla nur verlieren, das war ihr klar. „... Aber die alte Eifersucht hat sie nicht vergessen."

„Oh." Darüber mußte er erst einmal nachdenken. Seltsam war nur, daß es ihn so gar nicht verwunderte. „Soll ich den Kehrreim noch einmal versuchen?"

„Tu das." Marelie nahm Nadel und Faden wieder auf. Was heranwachsende Kinder für Kleidung verschlissen!

„Was ist das? Schon wieder Musik?" Rannan Ridenow stand im Eingang, groß, blond und überwältigend. Corys schien zusammenzuschrumpfen.

„Er unterhält mich, während ich flicke", erklärte seine Mutter schnell. „Das ist eine so langweilige Arbeit."

„Laß dir dazu eine der Dienerinnen kommen", erwiderte Rannan barsch. Diese seine elegante Frau - er war sich ihrer nie sicher. Sie liebe ihn, versicherte sie, sie gab sich Mühe, ihm zu gehorchen, aber er konnte nicht wissen - es gefiel ihm nicht, daß sie niedrige Arbeit tat. Und warum mußte sie den Jungen ständig decken?

„Es ist ein neues Lied", bemerkte Corys ruhig und sah dabei geradeaus. „Ich versuchte, es richtig zusammenzubekommen."

Seine Mutter biß sich auf die Lippe. Mein Sohn, mein Sohn, ganz rothaariger Stolz und Trotz - meinst du, ich weiß nicht, wie du den Zorn deines Vaters fürchtest?

„Ich sollte dir deine Harfe wegnehmen und sie auf deinem Kopf zerschlagen!" brüllte Rannan los. „Musik! In deinem Alter ..."

„Rannan." Sanft mahnend. „Es ist keine Schande, musikalisch zu sein." Bitte, versteh mich, flehte sie. Er ist mein Sohn - der erste, den ich von Geburt an zu lieben wagte. Er unterscheidet sich von dem, was du gewöhnt bist.

Um ihretwillen versuchte Rannan, sich zu beherrschen. Sie wies ihn selten vor den Kindern zurecht. Und anders als manche Serrais-Frauen hielt sie die Ehre ihres Gatten außerhalb der engeren Familie hoch. Wenn sie lernen konnte zu gehorchen, konnte er lernen, sanftmütig zu sein. Nur dieser eine Sohn machte es ihm schwer. Mit dem Baby war es nicht so schlimm. Wäre Corys ein Mädchen gewesen wie Margatta, hätte er nicht diesen Konflikt der Bindungen empfunden. Sogar der Name des Jungen - er hatte diesen letzten Sohn nach seinem Großvater Sheen nennen wollen, aber irgendwie war es bei Marelies Wahl geblieben. Corys, der Fröhliche ...

„Als ich in deinem Alter war", fuhr er in gemäßigtem Ton fort, „hätte ich an einem Jagdtag keine Zeit gehabt, den Morgen mit Musik zu verschwenden."

„Eine Jagd?" Marelie blickte auf.

„Das ... hatte ich vergessen", entschuldigte Corys sich lahm.

„Vergessen! Du bist ..." Wahrscheinlicher ist, daß er gehofft hat, ich würde vergessen, ihn zu holen. „Lauf nach deinen Sachen. Ich habe Auster befohlen, ein Tier für dich zu satteln. Wir brechen gleich auf. Die *Ryl* kann bei deiner Mutter bleiben."

Corys legte das Instrument vor seine Mutter hin und eilte davon. Sein Widerstreben zeigte sich in jeder Bewegung.

„Muß er mit?" fragte Marelie. „Er haßt das Jagen so ..."

„Wir brauchen Fleisch", stellte Rannan kurz fest. „Morgen sind wir zurück. Garris hat keine Lust, sich draußen von einem Sturm überraschen zu lassen - und ebensowenig Lust hat er, während eines Sturms ohne Fleisch dazusitzen."

„Ich weiß ... aber Corys ..." Sie erschauerte. Er sah sie nicht an. „Ich habe Angst um ihn."

„Warum?"

„Er ist anders - er erinnert mich an meinen Bruder Edric."

„Den Namen kenne ich nicht."

„Nein. Er starb, als wir noch klein waren. Rannan - gib acht auf meinen Sohn." Bittend sah sie ihn an, und er war gerührt. Sie bat ihn so selten um etwas, seine stolze Lady der Berge.

„Er ist auch mein Sohn." Er beugte sich nieder, um sie zum Abschied zu küssen, denn er wußte, in dem überfüllten Hof mochte sie es nicht. „Aber er muß lernen, seiner Stellung im Leben gerecht zu werden."

Corys, der rannte, seine Ausrüstung zu holen, war wütend. Er hatte es tatsächlich vergessen. Nur würde sein Vater ihm das nie glauben, denn die Abneigung des jüngsten Sohns gegen die Jagd war allgemein bekannt. Oh, wenn sie nur ohne ihn fortgeritten wären! Er schoß um eine Ecke und wäre beinahe gefallen. Zu schnell...

„Immer mit der Ruhe, Junge", meinte Kell vergnügt. Das Kind war schneeweiß; was mochte sein Vater zu ihm gesagt haben? „Da drüben - an der Mauer. Der junge Daryl hält dein Tier."

„Daryl? Kommt Daryl auch mit?" Corys blickte zu seinem großen Bruder auf. Geistesabwesend stellte Kell fest, wie sehr der Junge in diesem letzten Jahr gewachsen war.

„Scheint so - obwohl ich persönlich nicht behaupten möchte, daß es ihm gut genug für einen langen Ritt geht. Nun, du wirst an ihm Gesellschaft haben."

Corys schlängelte sich durch den überfüllten Hof und versuchte, keine Aufmerksamkeit zu erregen. Wenn Daryl mitkam, war es nicht so schlimm. Daryl machte so selten eine Jagd mit. Er war oft krank, und Onkel Garris wurde dann zornig und schwor, er sei nicht an einem solchen Schwächling von Sohn beteiligt und die Hure müsse ihn betrogen haben - als könne nicht jeder, der Augen hatte, sehen, daß Daryl sein Sohn war!

„Rys! Hier!" Daryl hielt die Zügel von zwei friedlichen Chervines. Mit seiner zarten Gestalt sah er neben diesen Tieren, die im allgemeinen für Knaben geeignet waren, klein aus. Niemand würde glauben, daß er zwei volle Jahre älter war als Corys.

„Ich dachte, du seist krank.“ Corys nahm sein Chervine in Besitz.

„Oh, das war ich“, antwortete sein Freund. „Aber Vater sagt, für eine kurze, leichte Jagd sei ich gesund genug. Es wird vor dem Winter nicht mehr viele Jagden geben, weißt du.“

„Ich weiß - Aldones sei es gedankt!“

„Rys!“ Daryl blickte sich ängstlich um.

„Warum nicht? Mutter ruft auch Aldones an.“

„Ich meinte ... Achtung, das Signal!“

Hastig überprüfte Corys Sattel und Vorräte, winkte seiner Mutter zum Abschied zu und folgte der Jagdgesellschaft. Marelie sah ihnen nach, das Baby Margatta im Arm. Sie, die in ihrer Jugend zur Zauberin ausgebildet worden war, wußte gut zu verbergen, was sie wünschte. Niemand, nicht einmal die Dienerinnen, konnten sagen, wem ihre Augen folgten und warum. Margatta zappelte; ihr war kalt. Seufzend kehrte Marelie ins Haus und zu ihren Pflichten zurück.

Bei der Jagd verfolgte sie das Pech den ganzen Tag, und als sie im Windschatten eines kleinen Hügels das Lager aufschlugen, hatten sie noch kein Tier erlegt. Garris machte mit lauter Stimme den späten Aufbruch dafür verantwortlich, und Rannan mußte die Lippen fest zusammenpressen, um seinen jüngsten Sohn nicht zu entschuldigen. Gleichzeitig war er wütend, daß der Junge ihn in diese Lage gebracht hatte. Corys kümmerte es dies eine Mal nicht. Er hatte den ganzen Tag das merkwürdige Gefühl gehabt, der Wind, der durch die hohen Bäume pfiff, blase in seinem Kopf. Es tat weh. Zuweilen konnte er die gebrüllten Befehle seines Vaters ebensowenig hören wie Daryls mit leiser Stimme gegebene Warnungen. Rannan würde zornig werden, wenn er sich zum Spektakel machte, das wußte er, aber der Wind heulte so ... Er war von Herzen froh, daß für die Nacht angehalten wurde. Auster, der eine neue Frau hatte und hoffte, früh nach Hause zu kommen, war es nicht.

„Sattelt eure Tiere ab, Daryl, Corys", ordnete er scharf an. „Trödelt nicht. Daryl, du sollst zu deinem Vater ans Feuer kommen, wenn du fertig bist. Corys, da unten bei dem großen Baum fließt ein Bach. Hole Wasser und beeile dich damit – ihr habt noch Zeit genug zum Schwatzen, wenn alles erledigt ist."

„Rys, geht es dir nicht gut?" erkundigte Daryl sich. „Du siehst so seltsam aus."

Corys schüttelte sich. „Mir geht es gut", behauptete er fest. „Was hat er gesagt, wo der Bach ist?"

„Ich helfe dir."

„Geh zuerst zu Onkel Garris. Es hat keinen Sinn, daß du ihn verärgerst."

Im Frühling oder Hochsommer mochte es ein respektabler Bach gewesen sein; jetzt war er zu einem dünnen Rinnsal auf hartem Boden ausgetrocknet. Corys kniete sich hin, um die Eimer zu füllen. Der Wind kam auf ihn zu wie der Bach, sein Heulen zu einem intimen Flüstern gedämpft. Hingerissen lauschte er. Der Wind rief seinen Namen.

Sein Vater fand ihn dort. Der merkwürdige dunkle Blick in den Augen des Jungen hätte Marelie Angst eingejagt. Rannan sah nur Tagträume und gab Corys eine heftige Ohrfeige. Für Corys war es, als spalte sich die Welt in zwei Teile.

„Hol Wasser", befahl sein Vater kurz. „Sofort. Du hast uns heute schon genug aufgehalten."

Corys schüttelte den Kopf, als wolle er seine Gedanken klären. Der Wind – war fort. Aber irgendwie wußte er, daß er zurückkommen werde. Er zitterte und zweifelte an seiner eigenen Kraft.

„Rys!" zischte Daryl. „Was ist passiert?"

„Vater ... Vater war zornig, daß ich so lange brauchte." Blinzelnd setzte er sich auf. „Ich hatte gar nicht gemerkt ..."

„Hat er dich hart geschlagen?"

„Ja - ich glaube schon. Mir ist schwindelig."

„Gib mir die Eimer."

Mit Daryls Hilfe schaffte er es zurück zum Lager. Er hatte keinen Appetit auf das Essen. Das hatten nicht viele - es war Reisekost, die nach nichts schmeckte. Sein Vater beobachtete ihn unauffällig. Der Junge sah blaß aus. Gut! Es war Zeit, daß er die rauhe Wirklichkeit des Lebens begriff.

Corys bekam die erste Wache. Das war ein Geschenk von Kell: Wer die erste Wache hatte, konnte den Rest der Nacht durchschlafen. Er hätte lieber zusammen mit Daryl gewacht, aber das traute er sich nicht zu sagen, Kell sah so erfreut und großzügig aus. Er mag mich, dachte Corys. Mein Bruder hat mich gern.

Das gab ihm Stoff zum Nachdenken auf seinem Posten. Loran, Garris' Sohn, stand mit ihm Posten. Aber Loran war bestenfalls ein armseliger Gesprächspartner. Aus irgendeinem Grund fiel es schwer, wach zu bleiben. Reden hätte geholfen. Müde versuchte Corys, Schatten zu zählen. Es waren so viele ...

„Räuber!" Links. „Wir werden ..." Ein erstickter Schrei - wer? Vor Schreck hellwach geworden, faßte Corys nach seinem Bogen, lief zum Feuer zurück und rief:

„Vater! Auster! Kell! Wir werden von Räubern angegriffen!" Waren es echte Räuber aus den Bergen oder Lords aus den Domänen, die einen nächtlichen Überfall auf die Trokkenstädter ausführten?

„Corys, ans Feuer. Kell, bleib bei ihm. Auster, zu mir." Sein Vater war da, groß und unendlich beruhigend in der plötzlich von Lärm erfüllten Dunkelheit. „Nein, Garris, ich glaube nicht, daß es Leute aus den Domänen sind. Sie wären besser organisiert und würden sich wegen einer Jagdgesellschaft nicht die Mühe machen. Ein paar gutplazierte Pfeile werden diesen Abschaum verjagen."

Pfeile? Da draußen waren doch *Menschen!* Er konnte sie sehen - weiße Augen im Finstern, verzweifelt, ängstlich, wütend darüber, daß ihr Überraschungsangriff vereitelt worden war. Er umklammerte seine Armbrust mit beiden Händen und versuchte zu beten. Aldones, Herr des Lichts ... Daryl neben ihm ließ einen Bolzen fliegen. Ein Mann schrie.

Blut, Blut gurgelte in seiner Kehle, schrecklicher, sengender Schmerz und Angst, dann Dunkelheit ... er weinte.

„Corys, schieß!" brüllte Daryl ihm zu. „Sie kommen heran!"

Nein. Schwankend versuchte er zu schießen. Seine Hände zitterten so, daß er nicht zielen, den Pfeil nicht freigeben konnte. Ein einziger Bolzen flog zu den kalten fernen Sternen hinauf.

„Wenn du die Pfeile nur verschwendest, laß es sein." Ärgerlich schob Auster ihn mit der Schulter zur Seite.

Nein. Mehr Schmerz, mehr Angst, ein dumpfes schweres Hämmern in seinen Schläfen.

Auster hatte einen Dolchstich in der Schulter. Kell und Rannan hatten keinen Kratzer abbekommen. Außer dem Wachtposten, der getötet worden war, als er den Warnruf ausstieß, war keiner ernsthaft verwundet worden. Vier Räuber lagen tot da, einer mit Daryls Pfeil in der Kehle. Garris war mächtig stolz auf seinen schwächlichen Sohn. Bei allen und jedem prahlte er, der Junge habe gutes Blut in sich, und, bei den Göttern, er habe gewußt, daß es früher oder später zum Vorschein kommen werde. Daryl lächelte besorgt: Das Lob seines Vaters bedeutete ihm in diesen Tagen wenig. Aber Corys ...

Rannan schämte sich seines Sohns und zog ihn auf die Seite. Er versuchte, Entschuldigungen für ihn zu finden - es war sein erster Kampf, er war noch nicht soweit, seine Mutter hatte ihn verzärtelt - aber Tatsache blieb, daß Corys heute nacht sowohl seinem Vater als auch seiner Mutter Schande gemacht hatte.

„Du wirst für den ganzen Rest der Nacht Wache stehen", befahl er mit einer ruhigen Kälte, die Corys das Mark in den Knochen hätte erstarren lassen sollen, „als Wiedergutmachung für dies - Benehmen. Es wird dir Zeit zum Nachdenken geben. Morgen reitest du mit deinem Bruder Auster, der verwundet wurde, vielleicht von dem Mann, den du hättest töten können. Tu, was er dir sagt. Du wirst nicht mehr mit mir jagen oder mir in die Nähe kommen, bis du bewiesen hast, daß du würdig bist, mein Sohn zu heißen."

Corys hörte seinen Vater kaum. Sein Kopf dröhnte immer noch vor Schmerz, und er begann wieder zu zittern wie unten am Bach. Bin ich ein Feigling? fragte er sich. Vielleicht - aber die Angst ist jetzt verschwunden. Alles ist verschwunden...

Daryl bekam keine Gelegenheit, ein privates Wort mit ihm zu wechseln. Oh, warum habe ich die Aufmerksamkeit auf ihn gelenkt? dachte Daryl verzweifelt. Er hat mich so oft beschützt. Hätte ich nicht losgebrüllt, wäre es vielleicht niemandem aufgefallen, daß er nicht geschossen hat.

Auf dem Rückweg erlegten sie schnell hintereinander zwei Tiere, was gut war, denn es hätte Garris' Zorn geweckt, wenn sie mit leeren Händen, aber mit einem Toten, nach Hause zurückgekehrt wären. Auster verlor Corys in der Aufregung aus den Augen, sprach jedoch nicht darüber. Wahrscheinlich schmollte der Junge. Nun, zweifellos hätte er es verdient, von Rannan gescholten zu werden, aber Vater konnte manchmal hart sein. So erfuhren sie erst, als sie in Serrais eintrafen und Rannan einer vor Sorge außer sich geratenen Marelie gegenüberstand, daß Corys' Chervine kurz vor der übrigen Jagdgesellschaft allein nach Hause zurückgekehrt war. Daryl, der nach seinem Freund suchte, wurde unfreiwillig Zeuge ihrer Begegnung. Es entsetzte ihn. Cyrilla und Garris schrien niemals so - bei ihm zu Hause war alles zurückhaltende Höflichkeit, ausgenommen Anyas Bosheit. Solche Gefühlsausbrüche waren ihm neu.

„Du hast ihn im Stich gelassen?“ rief Marelie mit bleichem Gesicht. „Deinen Sohn - und du hast dich nicht einmal vergewissert, daß er bei euch war?“

„Ich befahl ihm, mit Auster zu reiten“, gab Rannan ungeduldig zurück. „Er wird sich wahrscheinlich nach Dunkelwerden hereinschleichen, weil er sich schämt. Kein Grund zur Sorge.“

„Warum sollte er sich schämen?“

Rannans Züge spannten sich.

„Es genügt, daß er Grund dazu hat. Jetzt laß mich vorbei. Ich bin müde, und Auster ist verwundet.“

„Austers Frau kann sich um seine Wunde kümmern“, erwiderte Marelie. „Wo ist mein Sohn?“

„Dein Sohn ist hier, und er ist verwundet, Frau!“ röhrte Rannan. „Und dein anderer Sohn bringt Fleisch für deinen Tisch. Bist du damit noch nicht zufrieden?“

So zornig war Marelie noch nie gewesen. Zum erstenmal seit ihrer Heirat achtete sie nicht darauf, seine Ehre in der Öffentlichkeit zu wahren.

„Corys ist dreizehn“, stellte sie mit einer Ruhe fest, die ihm plötzlich die Kraft raubte. „Alt genug für die Schwellenkrankheit.“

Rannan schnaubte.

„Wenn es das ist, wird er bestimmt vor Dunkelwerden da sein und sich selbst sehr leid tun. Erwarte nur nicht von mir, daß ich sein Benehmen so leicht entschuldige.“

„Nein. O nein.“ Marelie lächelte kalt. „Wenn er zurückkommt, werde ich von dir nicht erwarten, daß du ihm verzeihst.“

Sie rannte ins Haus. Rannan kaute auf seiner Unterlippe,

starrte ihr nach, zuckte die Schultern. Wenn der Junge krank war, erklärte das natürlich vieles. Im Augenblick war er jedoch müde, durchgefroren und hungrig. Der Weg nach Hause mochte nicht angenehm sein, aber noch für mehrere Stunden war kein Sturm zu erwarten, und es würde dem Jungen nichts schaden. Auster und Kell hatten beide in gewissem Ausmaß an der eigentümlichen Desorientierung gelitten, die mit dem Erwachen der telepathischen Kraft kam, und hatten es überwunden. Die Angst, die Corys aushalten mußte, mochte ihm guttun ... Trotzdem machte es einen unruhig ... Nein, eine Suche konnte er nicht veranstalten. Es gab Arbeit zu tun, und wenn er sich zu offensichtlich aufregte, machte es dem Jungen und ihm selbst Schande. Das mußte Marelie einsehen. Es war Zeit genug, sich Sorgen zu machen, wenn der Junge nach Dunkelwerden noch nicht zurückgekehrt war.

Als es dunkel wurde, war Daryl einen halben Tagesritt von Serrais entfernt und hetzte sein Chervine durch die zunehmende Finsternis. Er hatte nicht geglaubt, daß es so weit sein würde. Das Tier hatte keine Lust gehabt, seinen gemütlichen Stall zu verlassen - es roch, daß ein Sturm im Anzug war. Doch Daryl konnte Corys nicht allein und krank draußen lassen, zumal es teilweise seine Schuld war. Und Daryl hatte schon vor einiger Zeit erkannt, daß es auf das, was er tat, nicht mehr ankam. Man würde ihn nicht einmal vermissen.

Corys lag da, wo er hingefallen war, im Schatten eines kleinen Hügels. Eine sechsfingrige Hand streckte sich in das verschwindende Licht. Er lag auf dem Rücken, lauschte dem Wind, war sich Daryls vorsichtiger Annäherung bewußt, doch interessierte sich nicht besonders dafür. Eigentlich interessierte er sich für nichts mehr als die Krämpfe, die seinen Körper in immer kürzeren Abständen schüttelten, bis er fürchtete, entzweigerissen zu werden ...

„Corys!“ Keuchend versuchte Daryl, ihn hochzuheben. „Corys, es tut mir so leid.“ Die Augen seines Freundes machten ihm angst. Sie waren dunkel und leer wie die Augen des toten Räubers. Lorans Augen hatten nicht so ausgesehen, als er die Schwellenkrankheit hatte. „Rys! Ich bin es – Daryl!“ Er schüttelte ihn. „Wach auf!“

Und plötzlich war Corys wieder da.

„Daryl! Was ist geschehen?“ fragte er verwundert. „Bin ich vom Chervine gefallen?“

„Ja, du Dummkopf!“ Daryl fiel es schwer, nicht vor Erleichterung loszulachen. Statt dessen hustete er. Es war kalt und begann zu schneien. „Wir haben dich zurückgelassen. Bist du die ganze Zeit hier gewesen?“

„Das weiß ich nicht. Ich glaube schon.“ In Qualen. „Oh, Daryl, ich habe ihn gefühlt – den Mann, den du getötet hast. Ich fühlte ihn sterben!“ Das Zittern begann von neuem, und sein Körper verdrehte sich in Erwartung der Schmerzen.

Etwas Hartes, Kaltes wurde ihm an die Lippen gedrückt. Stöhnend versuchte er, sich abzuwenden.

„Trink das, Rys“, drängte Daryl. „Das hat Loran von Lady Cyrilla bekommen, als er krank war – er war der kränkste, sagt sie ...“

Er schluckte, eigentlich nur, um Daryl den Gefallen zu tun. Die Flüssigkeit hatte einen angenehmen, seltsamen Geschmack. Daryls Besorgtheit brannte neben ihm wie ein Feuer, an dem man sich die Hände wärmen konnte ...

„Jetzt steh auf, Rys! Komm, bewege dich! Du mußt!“

Im Stehen kam ihm die Welt fester vor. Die Krämpfe ließen nach. Ob es die Medizin oder Daryls Anwesenheit war, wußte er nicht, aber er war dankbar.

„In der Nähe ist ein Loch im Hang“, sagte Daryl. „Ich habe es heute morgen gesehen – eine halbe Höhle. Dort können wir uns ausruhen.“

Nein, flüsterte der Wind.

„Der Sturm“, würgte Corys hervor.

„Du kannst jetzt nicht reiten - wenn es sein muß, warten wir, bis der Sturm vorüber ist! Komm schon!“ rief Daryl.

Der Sturm schlug im Ernst zu, kurz nachdem die stolpernden Jungen die Zuflucht erreicht hatten. Es war ein richtiger Schneesturm aus dem Gebirge, der erste des Jahres. Daryl stellte das geduldige Chervine quer vor den Eingang. Das Tier würde ihnen etwas Wärme geben, und er konnte ein kleines Feuer entzünden.

Während der ganzen ersten Nacht war Corys krank. Einmal gab ihm Daryl ein paar Tropfen Medizin; er hatte keine mehr und hätte sich sowieso nicht getraut, sie anzuwenden. Corys tobte, wie es der Wind tat, und beruhigte sich in den Augenblicken, wenn der Schnee lautlos niederfiel. Gegen Morgen kam er in Daryls schützenden Armen halbwegs zu sich.

„Rys?“ Daryl wagte kaum zu atmen. Während der Nacht hatte er einen Hustenanfall gehabt, woraufhin Corys von neuem zu delirieren begonnen hatte. Aber das Fieber schien nachzulassen.

„Es wird wiederkommen“, antwortete Corys auf den Gedanken. „Ist der Sturm schlimm?“

„Sehr. Niemand wird uns darin suchen.“

„Nein.“

Eine Weile lagen sie still.

„Rys ...“

„Ja?“

„Kannst du hören, was ich denke?“

„Ein bißchen - warum?“

„Ich wußte nicht, daß *Laran* so funktioniert. Loran kann es nicht.“

„Ich glaube nicht, daß Kell oder Auster es richtig können“, stimmte Corys zu. „Aber Mutter kann es manchmal.“

„Oh. Dann hast du damit gerechnet ...“

„Nein. Und es scheint jetzt keine Rolle mehr zu spielen." Er drehte sich so, daß er in Daryls mageres Gesicht hochblicken konnte, umgeben von dem der Kapuze entschlüpften dichten blonden Haar. „Macht es dir etwas aus?"

„Eigentlich nicht. Ich muß mich nur erst daran gewöhnen."

„Sicher."

Schweigen. Daryl hustete nervös.

„Du solltest mit deiner Erkältung nicht im Freien sein", meinte Rys. „Es kann dich umbringen. Eine schlechte Gegengabe ist das für mein Leben."

„Oh – du denkst, ich hätte dir das Leben gerettet?"

„Zweifelst du daran? Wenn die Krankheit mich nicht getötet hätte, dann der Sturm. Vielleicht tötet er jetzt uns beide."

Der Wind kehrte zurück.

Am Mittag des nächsten Tages war es Daryl, der sich fiebernd und murmelnd umherwarf, und Rys, der ihn hielt und angstvoll auf die Rückkehr seiner eigenen Schwäche wartete. Der Husten ließ sich nicht mehr beherrschen; es war Blut auf den Lippen des blonden Jungen. Besorgt zog Corys ihn dichter an sich, versuchte, ihn zu wärmen. Es ist ungerecht, dachte er finster.

„Was ist ungerecht?" fragte Daryl. Die blauen Augen glänzten vom Fieber.

„Du ... bist gekommen, mich zu retten", erklärte Corys zögernd. „Und du hast mich gerettet. Jetzt ... werden wir beide sterben. Auf mich kommt es nicht an – ich wäre auf jeden Fall gestorben, wenn du nicht gekommen wärst. Aber du ..."

Daryl lachte leise vor sich hin, und es wurde ein neuer Hustenanfall daraus.

„Soll ich dir ein Geheimnis anvertrauen?" fragte er, als er wieder sprechen konnte. „Auf mich kommt es auch nicht an.

Errätst du es nicht? Ich weiß es jetzt schon seit langem. Oh, Corys, Corys." Mehr leises Lachen, hartes Husten. „Ist es nicht offensichtlich? Ich bin für diese Berge ebensowenig geschaffen, wie es meine Mutter war."

Corys betrachtete ihn ernst. Ja, jetzt sah er es. Tod sprach aus den ruhigen blauen Augen, dem geröteten, mageren Gesicht - ein alter Familientod, wie ein Freund des Haushalts.

„Warum schickt dein Vater dich nicht zurück nach Shainsa?" fragte er, dagegen ankämpfend. „Die Wüstenluft ist nicht so rauh - du könntest gesund werden."

Daryl zuckte die Schultern.

„Was soll ich in Shainsa?" fragte er sachlich. „Ich bin hier aufgewachsen, und dort haben Anyas Söhne das Haus meines Vaters. Nein ..." - er hustete - „... so, wie es ist, bin ich besser dran. Außerdem ist es bereits zu spät."

Ja - zu spät. Krankheit wurde in Shainsa nicht lange toleriert, vielleicht noch weniger als in den Domänen. Es gab keinen Platz für Daryl als hier, im Herzen des Sturms - eines heftigeren Sturms, als so früh im Jahr zu erwarten gewesen war. Corys' Arme schlossen sich fester um seinen Freund, der wieder zu husten begann. Mit dem Verblassen des Tageslichts wurde es kälter. Er glaubte nicht, daß er hätte rufen können, selbst wenn Sucher vorbeigekommen wären.

Der Wind tobte weiter.

Er war im Haus seiner Mutter. Ein Gesicht beugte sich besorgt über ihn. Lady Cyrilla! Warum war sie so bekümmert? Er öffnete den Mund zum Fragen, doch es kam kein Laut. *Ich kann ihn nicht finden, Marelie,* sagte die Schatten-Cyrilla. *Er ist zu weit weg.* Seine Mutter weinte. Bevor er sie zu trösten vermochte, blies der Wind alles fort.

Kell stand mit bleichem Gesicht neben seiner Mutter. *Ich hole Auster und Dorata,* sagte er. *Vielleicht - nein,* antwortete Marelie. *Auster ist verwundet, und Dorata erwartet ein Kind. Wir können jetzt nichts tun. Wenn der Sturm vorbei ist, mußt du mit deinem Vater auf die Suche gehen* ... Und wieder nahm der Wind sie hinweg.

Groß, blaß, gütig - Daryl? Nein, zu groß, und das Haar war silbern, nicht blond. *Ich habe dich schon einmal gesehen,* erzählte Corys dem Schatten in seinem Gehirn. *Wirklich, Kleiner?* fragte der weiße Fremde. *Schlafe jetzt* ... Daryl regte sich und murmelte ... Seltsam, daß er, der keine Mutter hatte, nach einer Mutter rief ... Und dann fühlte Corys sich warm und sicher und wußte irgendwie, daß der Wind sie beide nicht mehr holen konnte. Er schlief ein.

Corys erwachte am nächsten Morgen als erster. Der Sturm hatte ein bißchen nachgelassen - es war möglich, in das Schneegestöber hinauszublicken. Aber nur ein Wahnsinniger würde jetzt versuchen, allein zu reisen. Besser war es zu warten, bis der Himmel klar war. Angstvoll betrachtete er Daryl. Dem blonden Jungen ging es nicht besser - eher schlechter. Er war nicht in der Verfassung für einen anstrengenden Ritt, auch wenn das geschwächte Chervine die doppelte Last hätte tragen können.

Seufzend öffnete Daryl die Augen.

„Ich hatte einen so schönen Traum“, sagte er verschlafen. „Solch einen schönen, warmen Traum.“

„Ich weiß“, antwortete Corys. „Ich habe auch geträumt.“

Daryl richtete sich mühsam auf. „In meinen Satteltaschen müßte ein bißchen Essen sein.“

Corys hatte es bereits gefunden. Er knabberte etwas davon. Daryl aß noch weniger. Aber er trank einen Becher Schneewasser, das sie an ihrem kleinen Feuer schmolzen. Seltsam ...

„Daryl, du hast das Feuer angezündet. Lag viel Holz herum?“

„Nein, eigentlich nicht.“ Nachdenklich sah Daryl ins Feuer. „Es müßte längst aufgebraucht sein.“ Er begann zu husten. Corys faßte ihn bei den Schultern und drückte ihn sanft wieder auf den Boden.

„Ich kann von hier aus Bäume sehen. Es wird nicht lange dauern, genug Holz für den ganzen Tag zu holen."

Er mußte dreimal den Weg zu dem kleinen Gehölz machen, um genügend Holz heranzuschleppen, und beim drittenmal war er so müde, daß er den Rückweg nur schaffte, weil er die Zügel des Chervines zusammen- und an seinen Gürtel gebunden hatte. Auf halben Weg blieb er wie erstarrt stehen. Dies Geräusch - oh, *verdammt* sei der Schnee!

„Daryl, sieh!" Im Schatten kauernd, spähten die Jungen in das kleine Tal hinunter. Ein Trupp Männer kam vorbei, Reiter, Lords, *Leroni* - mehr Fremde, als Corys je zuvor gesehen hatte.

„Angreifer", flüsterte Daryl. „Sieh dir ihr Haar an!"

Corys fühlte die Haut unter seinem eigenen roten Haar prickeln.

„Sie reiten in Richtung Serrais."

Daryl sah ihn wortlos an.

„Der Sturm", sagte Corys. „Ich habe gehört - die *Leroni* können das Wetter kontrollieren."

„Lady Cyrilla sagt, das sei Unsinn", antwortete Daryl. „Aber sie können es zu ihrem Vorteil ausnutzen."

Eine Invasionsarmee, die Serrais angreifen wollte. Das geschah nicht zum erstenmal; die Söhne Hasturs und Cassildas waren den Frauen ihres Blutes, die freiwillig Barbaren aus den Trockenstädten heirateten, nicht freundlich gesonnen. Und einige gab es, die niemals glauben würden, daß sie es freiwillig getan hatten.

Es dauerte ewig, bis die Armee vorbeigezogen war. Corys mit seiner neuen Wahrnehmungsfähigkeit erkannte, daß dies kein richtiger Feldzug war, sondern nur ein Überfall, der Serrais unvorbereitet treffen sollte. Und mit dem Sturm als Helfer mochte die Überraschung ihnen einen größeren Erfolg bringen, als sie sich in ihren wildesten Träumen ausgemalt hatten. Serrais war gut verteidigt, aber niemand hatte mit so schlechtem Wetter gerechnet.

„Sie müssen gewarnt werden", sagte Daryl schließlich.

„Was?" Corys riß sich aus seinen faszinierenden Kontemplationen über den Bruder-Feind los.

„*Du* ..." – Daryl sprach fest – „... mußt sie warnen. Nimm das Chervine und reite los. Es wird nicht leicht sein."

„Und dich soll ich zum Sterben hier lassen?"

Daryl schüttelte ungeduldig den Kopf.

„Die Wahrscheinlichkeit ist groß, daß du ebenso sterben wirst wie ich, wenn du in einem Schneesturm mit feindlichen Soldaten Fangen spielst. Trotzdem muß irgendwer gehen, und ich ... ich bin nicht stark genug für eine solche Reise. Du mußt es tun."

Es stimmte – Daryl war nicht stark genug. Doch Corys wollte nicht.

„Rys", sagte Daryl leise, „bitte, geh. Bitte, warne sie."

Lange Zeit hielt Corys ihn fest. Das Husten – und der Wind – machten eine Pause.

„Jetzt muß ich gehen", erklärte er, „bevor ich wieder krank werde. Ich lasse dir die Mäntel und die Lebensmittel da – hier ist Holz ..."

„Mach dir keine Sorgen."

„Ich werde zu dir zurückkehren."

„Ja. Sei vorsichtig, Rys. Du mußt durchkommen."

„Ja."

Sie sprachen weiter nichts mehr.

Einen halben Tag später fiel Corys aus dem Sattel in Kells Arme, durchgefroren, zitternd und gegen das alte Schwindelgefühl kämpfend.

„Daryl ... da draußen", keuchte er. „Ich ... mußte warnen ... mußte zu euch. Mußte durchkommen."

„Warnen? Corys, du siehst aus wie einer, der seit fünf

Tagen tot ist! Mutter war außer sich. Wo ist Daryl? Vor was willst du uns warnen?"

„Angreifer ... eine große Armee ..." Dann umhüllte ihn Dunkelheit. Undeutlich hörte er Kells Alarmrufe - auf Kell war immer Verlaß. Doch er erfuhr nie, daß Rannan selbst ihn ins Haus trug und bestürzt vor der schlaffen, gebrochenen Gestalt stand, während Marelie sich anschickte, gegen seine Krankheit wie einen alten Feind zu kämpfen - einen alten und gefürchteten Feind. Keins der anderen Kinder hatte die Schwellenkrankheit so schlimm gehabt, und er hatte immer gelächelt, wenn die Dienerinnen den Göttern dankten, sobald eins sie überstanden hatte ... Obwohl Marelies Brüder daran gestorben waren, hatte Rannan sich nicht vorzustellen vermocht, daß seinen Kindern so etwas zustieß. Und jetzt mußte er in die Schlacht ziehen.

„Geh", sagte Marelie zu ihm. „Hier kannst du doch nichts tun. Geh deinen Krieg gewinnen."

„Es ist auch dein Krieg", antwortete er zornig.

„Ja." Ihr Lächeln war bitter. „Auch mein Krieg. Aber heute kämpfe ich auf einem anderen Feld. Cyrilla kann die *Leronis* spielen; ich bleibe hier."

„Kämpfe gut", flüsterte er ihr zu und war gegangen, bevor er sehen konnte, wie sich ihm ihre Hände in plötzlicher Not entgegenstreckten.

Corys starb nicht, doch es war ein knapper Sieg, der die mit Serrais-Frauen verheirateten Männer bis ins Herz erschüttert zurückließ. Es nahm sie mehr mit als der kurze Krieg, den ein kleiner Lord in dem Bemühen, seinem König zu gefallen, beim Herannahen des Sturms in aller Eile angezettelt hatte. Allerdings hätte es unerfreulich werden können, wäre die Warnung nicht gewesen.

Drei Tage nach seiner Rückkehr erhielt Rannan endlich die Erlaubnis, seinen Sohn zu sehen. Der Junge war gespenstig bleich und dünn und starrte an die Decke.

„Corys." Der Junge sah ihn nicht an. „Deine Mutter wird dir gesagt haben - der Krieg ist vorbei. Wir haben gewonnen." Immer noch nichts. „Sie verließen sich auf die Überraschung ..."

„Daryl?" Er sprach, ohne den Kopf zu wenden.

„Garris ließ nach ihm suchen - wir haben ihn nicht gefunden."

„Es war seine Idee - die Warnung."

„Ein guter Gedanke."

Langes Schweigen.

„Ich versprach, zu ihm zurückzukehren."

„Ja." Rannan räusperte sich. „Nun, du bist krank. Wenn du uns sagst, wo wir suchen sollen ..."

Corys wandte sich ihm zu. Die grauen Augen waren brennende Löcher in seinem Gesicht.

„Ich werde es euch sagen. Und ich gehe mit. Ich habe es versprochen."

Nun, ein Versprechen war ein Versprechen - auch würde Garris dieser Tribut an seinen Sohn, der sich als so überraschend wohlgeraten erwiesen hatte, nicht mißfallen. Aber ...

„Junge - es ist nicht viel Hoffnung."

„Es ist keine Hoffnung", berichtigte Corys ihn. „Er ist nicht da. Ich kann ihn nirgendwo finden. Aber ich habe es versprochen."

„Ich verstehe." Etwas, irgend etwas, um diesen finsteren, gnadenlosen Schmerz zu beschwichtigen. „Du ... mußtest kommen, Corys. Viele wären sonst gestorben. Daryl ... Daryl war ein tapferer Junge. Er sah die Notwendigkeit."

„Er sah sie besser als ich", erwiderte Rannans Sohn und wandte sich ab. Der Boden, auf dem sie standen, brach entzwei. Rannan entsetzte sich.

„Corys, du würdest doch deine Mutter, deine Schwestern ... uns alle ... nicht zum Tod oder zur Sklaverei verdammen ..."

„Nein.“ Die junge Stimme war unerbittlich. „Ich verdamme niemanden zum Tod. Niemals.“

Der Riß öffnete sich. Rannan sah ihn zu seinen Füßen klaffen.

„Corys ...“

„Ihr auf beiden Seiten habt diesen Krieg gemacht. Daryl war es zufrieden, in eurem Krieg zu töten und zu sterben. Ich bin es nicht.“

„Beide Seiten haben auch dich gezeugt“, stellte sein Vater fest. „Du bist du, weil du nicht allein mein Sohn bist. Und wärest du allein deiner Mutter Sohn, hättest du sterben müssen wie ihre Brüder, zu sensibel zum Leben.“

Die grauen Augen musterten ihn kalt. Die Kluft verbreiterte sich, und Corys schien damit ganz einverstanden zu sein. Er gab keine Antwort.

„Nun, nun, du bist müde - und krank.“ Sein Vater bemühte sich, normal zu sprechen. „Dumm von mir, dich jetzt zu stören. Du wirst dich besser fühlen, wenn du geschlafen hast.“

Corys schloß die Augen. Er achtete nicht darauf, daß sein Vater sich entfernte, daß seine Mutter kam und ging. Draußen rief der Wind seinen Namen.

Leslie Williams

Entronnen

Escape

Dom Felix hörte auf, den Geist des Mannes zu durchforschen, und seufzte. „Das ist sehr beunruhigend."

In der von rotem Sonnenlicht erhellten Zelle trat Caltus eifrig vor. „Soll ich die Gefängniswärter töten lassen, mein Lord?"

Mit finsterem Gesicht ließ Felix die Hand durch die roten Locken gleiten. Er schüttelte den Kopf. „Nein. Hier geht es um Zauberei, nicht um Sicherheit." Langsam ging er um den sitzenden Gefangenen herum. „Es ist merkwürdig. Er ist nicht in seinem Körper, und doch kann ich ihn in der Überwelt nicht finden. Er ist ein Mann aus dem Volk, ein Sekretär - er sollte nicht imstande sein, sich vor mir zu verstekken!" Er blieb stehen, rieb die Handflächen aneinander und fragte: „Du sagst, er war allein in seiner Zelle?"

„Ja, mein Lord - nun, bis auf seinen Hund."

Felix' saphirblaue Augen wandten sich dem stummen Tier zu, das ein anderer Wachtposten fest an der Leine hielt. Zottig und riesig, war es seinem Herrn ergeben in die Gefangenschaft gefolgt und wartete jetzt geduldig neben dem Fenster.

„Dann ist sonst niemand eingetreten oder gegangen?"

„Niemand."

Wütend fuhr Felix auf seinen Friedensmann los: *„Wo in Zandrus siebter Hölle ist er dann?"*

Caltus wich einen Schritt zurück und wandte die Augen ab. „Ich weiß es nicht, mein Lord."

Der Comyn-Lord riß sich zusammen, kreuzte die Arme über der Brust und begann, auf und ab zu gehen. „Ich weiß nicht, wohin ich das Haftfeuer schicken soll, bis ich die Karten, die er kopiert hat, gesehen habe. Ich bin im Turm ausgebildet, ich bin Lord einer Domäne, und der schmutzige *Grézuin* versteckt sich vor *mir?* Hier ist etwas nicht richtig!"

Still nachdenkend, sah der Herr, wie der Wachtposten, der den Hund hielt, dem Tier den Kopf kraulte. Es streckte die Zunge aus dem Maul und leckte dem Mann die Hand, und dabei wandte es Lord Felix große graue Augen zu, die ...

In diesem Blick lag Intelligenz! Sofort senkte der Hund den Kopf und schnappte nach einem Floh.

Felix lächelte. Er straffte sich und schlenderte zu dem bewegungslosen Körper des Gefangenen hin. Anerkennend hob er eine Braue. „Ich dachte, dieser Mann könne uns von Nutzen sein, Caltus. Anscheinend ist er es doch nicht." Er spähte zu dem Hund hin, und wieder lächelte er, als in diesen grauen Augen Furcht aufglomm. „Was sein Tier angeht - steck es zu meinen Hunden, und trainiere es sorgfältig. Gib gut acht, damit es nicht wegläuft. Ich werde es eine Weile bei mir behalten."

„Und was ist mit der leeren Hülle dieses Mannes?"

Entsetzen loderte aus diesen beobachtenden Augen. Der Hund sprang. Der Wachtposten zerrte ihn an der Leine zurück.

Felix riß sein Glasmesser aus der Scheide und schlitzte dem Gefangenen die Kehle auf.

Elisabeth Waters

Wiedergeburt

Rebirth

Ann'dra erwachte aus einem Alptraum, winselte und sah sich in dem Zwinger um, der von zweien der vier Monde schwach erhellt wurde. Die anderen Hunde rings um ihn schliefen, aber sie hatten den Vorteil, als Hunde geboren worden zu sein, während er bis vor einem Monat ein Mensch gewesen war, Sekretär eines Nachbar-Lords. Dom Felix, der Herr dieser Burg, hatte ihn gefangengenommen und gefoltert, damit er die Informationen verriet, die er beim Kopieren von Landkarten gewonnen hatte. Statt unter der Tortur zusammenzubrechen, hatte er seinen Körper verlassen und sich im Körper seines Hundes versteckt. Denn er wußte, daß Dom Felix ihn in der Überwelt finden würde. Unglücklicherweise hatte Dom Felix erraten, was geschehen war. Immer noch schreckte Ann'dra aus Alpträumen hoch und sah Dom Felix' bösartiges Lächeln, als er befahl, der Hund solle in den Zwinger gebracht werden, und dem Mann die Kehle durchschnitt.

Ann'dra kratzte nach einem Floh und versuchte, eine bequeme Lage zu finden. Ein Hund zu sein, hatte sicherlich seine Nachteile, aber wenigstens konnte er nicht mehr gezwungen werden, die Orte zu verraten, die Dom Felix mit Haftfeuer hatte angreifen wollen. Ein schmutziges Zeug. Es mußte bessere Verwendungen für *Laran* geben, als Haftfeuer herzustellen und es wegzuschicken, um ohne Unterschied Felder, Tiere und Menschen zu verbrennen, um zu spionieren und all die anderen Aufgaben zu verrichten, die die *Leroni* im Dienst ihrer kriegführenden Lords hatten. Nun, zumindest konnte er diesen von Flöhen zerbissenen Körper mit seinem *Laran* für eine Weile verlassen.

Er schlüpfte dankbar aus dem Körper des Hundes und sah zu, wie er sich zusammenrollte und wieder zum Schlafen zurechtlegte, jetzt nur noch vom Geist des Hundes belebt. Dann wanderte er in die Burg. Er fand Dom Felix im Bett, wie er es erwartet hatte, aber weder Dom Felix noch seine Lady schliefen. Ann'dra, der kein Voyeur war, wollte gerade gehen, als er etwas bemerkte und wie angewurzelt stehenblieb. Die Lady war *raiva,* und es wurde ein neuer Körper geschaffen. Den Augenblick sorgsam abpassend, verschmolz er mit dem Embryo, nahm den neuen Körper für sich und richtete sich auf das Warten bis zur Wiedergeburt ein.

„Was meinst du, Felix, wird es diesmal ein Junge oder ein Mädchen werden?" murmelte die Lady verschlafen.

„Ein Sohn", antwortete Felix, ohne zu zögern. „Er wird ein *Laranzu* und ein Krieger werden, niemand wird ihm widerstehen können, und er wird als Varzil der Große bekannt sein."

Nein, dachte Ann'dra/Varzil. *Keine Kriege mehr. Es ist Zeit, das Kämpfen zu beenden.*

Marion Zimmer Bradley

Schwert des Chaos

A sword of chaos

Gedanken sind Dinge. Jeder Gedanke, der den Äther aufstört, läßt kein Atom unberührt, und es bleibt von ihm eine ewige Spur in dem Stoff des Universums zurück. Was mit allem Ernst und von ganzem Herzen gewünscht wird, prägt sich Zeit und Raum so stark auf, daß es unausweichlich Wahrheit werden muß. Und deshalb, meine Brüder, achtet darauf, um was ihr betet. Denn es wird euch bestimmt gegeben werden, und ihr werdet ihm in Zeit und Ewigkeit nicht mehr entfliehen können.

Aus dem Buch der Bürden
Nevarsin-Kloster

Vergewaltigung war immer etwas gewesen, das jemand anders zustieß.

Früher.

Mhari weinte. Sie hatte lange Zeit geweint, wie ihr schien, so lange sie zurückdenken konnte. Ihre Erinnerung an das, was jenseits der Tränen lag, war fast ausgelöscht. Das Mädchen, das sie vor vielleicht vierzig Tagen gewesen war, existierte auf der anderen Seite eines tiefen Abgrunds, sicher, glücklich, jemand, von dem sie vor langer, langer Zeit geträumt hatte.

Die Welt, in der sie jetzt lebte, hatte mit Schreien und Rufen und dem zornigen Klirren von Schwertern begonnen –

und mit allem übrigen. Mhari hatte ihren Vater sterben sehen und zwei ihrer Brüder. Sie erfuhr nie, was mit ihrer Mutter geschehen war, und darüber war sie froh. Ihre Schwestern - ihre Schreie gellten jedesmal, wenn sie lange genug zu weinen aufhörte, um an sie zu denken, in ihrem Kopf, immer, wenn sie versuchte, sich ins Gedächtnis zurückzurufen, was an jenem Tag passiert war. Es mußte ein Dutzend Männer gewesen sein, vielleicht mehr. Mhari wußte nicht recht, was schlimmer gewesen war, das Schreien ihrer Schwestern oder das Verstummen ihrer Schreie zu hören. Das gleiche Schicksal hatte die besten von den Frauen ihrer Mutter und die *Barragana* ihres Vaters ereilt.

Eigentlich hatte Mhari noch Glück gehabt. Der Räuberhauptmann hatte sie für sich selbst gewollt. Deshalb hatte es nur einen Mann gegeben, und da sie am Leben bleiben sollte, nicht mehr Brutalität, als sie aushalten konnte. Sie stellte schließlich seinen einzigen legitimen Anspruch auf Sain Scarp dar; sie war die einzige lebende Delleray ihres Clans, und solange sie lebte und auf dem Hochsitz neben ihm saß und in seinem Bett schlief, konnte er behaupten, die einzige Überlebende geheiratet und Sain Scarp geerbt, nicht geraubt, zu haben.

Vierzig Tage lang hatte sie über das Unvorstellbare nachgedacht und das Unerträgliche ertragen, und das hatte schließlich dazu geführt, daß sie sich jetzt ganz objektiv fragte, ob ihr vielleicht nichts Schlimmeres widerfahren war als jeder Frau, die aus politischen Gründen gegen ihren Willen mit einem Fremden verheiratet wurde. Und sie vertrieb den Gedanken, denn das war wirklich unerträglich - sich vorzustellen, daß ihres Vaters Urahn Sain Scarp mit solchen Mitteln gewonnen haben mochte. In allen Hundert Königreichen waren Kronen und Burgen gewonnen und verloren worden, und wer wußte, wie oder kraft welchen Rechts ein Lord einem anderen Lord nachgefolgt war?

Aber selbst für die Tränen kam ein Ende, und Mhari, die einmal stolz darauf gewesen war, sich Tochter des Lord Farren von Sain Scarp nennen zu dürfen, setzte sich auf, schleuderte das nasse Haar aus dem Gesicht und sagte sich, daß sie über Tränen hinaus sei.

Unter ihr auf dem Berghang stand die Burg immer noch, und das letzte Licht von Darkovers roter Sonne lag wie Blut über den alten Türmen. Drei der vier Monde hingen am Himmel, und während sie sie betrachtete, kroch der vierte langsam über die Bäume. Vier Monde am Himmel, eine Zeit der Omen und der Merkwürdigkeiten. *Was unter vier Monden geschieht* - so lautete das alte Sprichwort -, *braucht weder erinnert noch bereut zu werden.* Vielleicht erfuhr sie in dieser Zeit der Vorzeichen auf irgendeine Art, wie sie ihr Leben weiterführen sollte, wenn sie den tiefen Brunnen ihres Leids endlich erschöpft hatte.

Es gibt immerhin eine Möglichkeit, überlegte sie. Ich kann leben, wie ich jetzt leben muß, kann resignieren, dem Räuber - sie brachte es nicht über sich, ihn beim Namen zu nennen - Kinder gebären und mithelfen, eine Dynastie zu gründen, Narthen von Sain Scarp, das einmal der Sitz der Dellerays gewesen ist. Leidenschaftslos zog sie es in Erwägung. Manche Frauen hatte ein hartes Los getroffen - ihre eigenen Schwestern, ihre Mutter -, und kein Trauern und Klagen brachte die Toten zurück ins Leben, setzte Farren Delleray von neuem auf den Hochsitz oder stellte ihre Brüder an den Platz, den ihr Vater für sie geschaffen hatte. Sie, Mhari, lebte, wo andere gestorben waren. Sollte sie dies Schicksal akzeptieren und sich der Sonne und des Windes und des Lebens in ihren Adern erfreuen, wo so viel Leben zerstört worden war? Würde sie eines Tages stolz auf ihre Söhne sein, wenn auch nicht auf den Vater dieser Söhne, und so einen Kompromiß mit dem Schicksal und der Unvermeidlichkeit schließen?

Nein. Dann wäre sie niedriger als der geringste der treuen Diener, die Vater und Lord und Anführern in das Schweigen des Todes gefolgt waren. Die Gesichter jener, die für Sain Scarp gestorben waren, würden sie über das Grab hinaus anklagen, wenn sie sich solchem verräterischem Vergessen hingab. Dann war es immer noch besser, sie folgte ihnen und suchte sie an den Ufern des Todes. Sie wurde jetzt nicht mehr so streng bewacht; sie würde schon eine Möglichkeit finden zu sterben. Ihre kleinen Hände konnten zwar nicht den Dolch der Rache gegen den Usurpator und Schänder erheben, aber sie waren fähig, eine Ader an ihrem Hals zu öffnen, und der schnelle Tod, den sie sich an jenem Tag gewünscht hatte, ein saubererer Tod als der ihrer Schwestern und ihrer Mutter, würde sich ihr nicht länger entziehen. Ehrenvoll zu sterben, wenn es unmöglich geworden war, ehrenvoll zu leben – das war einer Tochter der Dellerays von Sain Scarp würdig.

Nein. Damit verzichtete sie ein für allemal auf die Rache an Vater und Verwandten, Mutter und Schwestern. Das hieß, nichts zu tun, sich demütig dem Geschick zu unterwerfen, das sie aus irgendeinem Grund am Leben gelassen hatte. Warum lebte sie noch, wenn alle anderen tot waren? Sicher hatten die Götter – wenn es schließlich doch irgendwelche Götter gab – ihr das Leben für etwas anderes als dies gelassen.

Und doch … Mhari blickte verzweifelt auf den geschäftigen Hof hinunter. Von ihrem Platz aus wirkten die Männer und Pferde wie Spielzeugfiguren in der Papierburg eines Kindes. Es sah fast so aus wie damals, als ihr Vater hier regierte … nur daß ihr Vater niemals einem solchen Haufen von Schurken und Halsabschneidern Raum unter seinem Dach gegeben oder ihnen den Treueeid abgenommen hätte.

Nur die Götter wußten, wo Narthen eine solche Sammlung von Scheusalen gefunden hatte! Oder wie er sie beherrschte – nur, indem er ein größeres Scheusal als der Schlimmste unter ihnen war?

Flucht? Sie wurde Tag und Nacht beobachtet. Auch jetzt lümmelte sich ein stämmiger, schnurrbärtiger Räuber unter ihr auf dem Hang. Er trug eine große Narbe von einem Schwertstreich auf der Wange und war der oberste von Narthens Halsabschneidern. Die Bewachung der Frau des Hauptmanns war eine Sinekure, die ihm für treue Dienste zuteil geworden war. Mhari durfte sich nur deshalb allein am Berg aufhalten, weil es dort keinen Ort gab, zu dem sie hätte laufen, und keinen Menschen, der sie aufgenommen hätte, falls es ihr gelang zu fliehen. Vierzig *Vars* der unwirtlichsten, einsamsten Pfade in den Hellers lagen zwischen Mhari und ihren Verwandten in Scaravel. Sie hatte kein Pferd, und es war unwahrscheinlich, daß sie nahe genug an eines herankam, um es zu stehlen; sie hatte keine Lebensmittel und nicht einmal warme Kleidung für die bitterkalten Winternächte, die bald Sain Scarp von der zivilisierten Menschheit abschneiden würden. Wenn ihr die Flucht nicht in den nächsten paar Tagen gelang, bevor es zu schneien begann, hatte sie bis zum Frühling keine Chance mehr, und bis dahin, das war ihr klar, war sie tot oder hatte sich endgültig unterworfen. Oder vielleicht wurde sie von Wahnsinn befallen und blieb am Leben, ein leeräugiges, geistloses Ding, das gefügig Narthens Bett teilte und seine Söhne gebar, ohne den Willen zum Widerstand oder auch nur den Wunsch aufzubringen.

Eine Flucht schien unmöglich zu sein, aber die Alternative war schlimmer. Glückte es ihr, konnte sie ihre Verwandten gegen Narthen aufrufen und Vater, Mutter, Schwestern, Brüder rächen ... ihre ganze Familie, hingeschlachtet in einer schrecklichen Nacht durch den Verrat Narthens ... der einmal ihres Vaters geschworener Mann gewesen war und alle Verteidigungsanlagen von Sain Scarp kannte.

Es waren keine nahen Verwandten übrig für die Rache ... ausgenommen der eine Bruder, der in Scaravel zusammen mit seinen Vettern aufwuchs und nichts davon ahnte, daß sie alle tot waren und daß Mhari überlebt hatte und *wie* sie überlebt hatte. Ihre Gedanken wanderten zu Ruyven, der sicher in Scaravel saß. *Wenn er es wüßte, würde er zu mir kommen. Er würde mich retten. Und mit ihm käme sein geschworener Bruder Rafael. Rafael, der beim Mittwinterfest mit mir tanzte und mir zuflüsterte und einen Kuß von meinen Fingerspitzen stahl und schwor, zur nächsten Mittwinternacht würde er bei meinem Vater um mich freien, so daß Ruyven, sein geschworener Bruder, auch noch sein Schwager würde.*

Zu Mittwinter würden Ruyven und Rafael kommen, falls die Pässe offen waren ... wenn sie dann noch lebten. Aber bis dahin - sie spürte es - mußte der Wille zum Widerstand längst aus ihr herausgeprügelt sein. Und würde Rafael haben wollen, was Narthen übriggelassen hatte? Zweifellos war sie dann auch von Narthen schwanger, das konnte sogar jetzt schon sein ... und würde Narthen den letzten Delleray am Leben lassen, damit er eines Tages Sain Scarp zurückeroberte? Wahrscheinlich überfiel er ihn, bevor er die Pässe durchquert hatte ...

Wenn ich im *Laran* ausgebildet oder wenn die Haushalts-*Keribus* überlebt hätten, wüßten sie es bereits, und es wären Verwandte unterwegs, mich zu retten ...

Nein. Sie würde nicht gerettet werden. Es war unwahrscheinlich, daß sie auch nur Gelegenheit fand, sich zu den Botenvögeln zu schleichen und einen mit einer kurzen Botschaft an seinem Bein nach Scaravel zu schicken. Allerdings, wenn sie es schaffte, die Ställe anzuzünden und drei Dutzend Vögel losgelassen wurden, mochte ein Dutzend in

Scaravel ankommen, und dann merkten sie dort, daß hier etwas nicht stimmte.

Wie sollte sie Zugang zu den Ställen finden, wenn sie Tag und Nacht bewacht wurde? Eher konnte sie den Hohen Kimbi in ihren weichen Sommersandalen besteigen!

Dann ist es also hoffnungslos ... Ich kann nicht einmal meinen Bruder und seine Verwandten warnen und sie erst recht nicht zur Rache aufrufen! In hilflosem Zorn schlug sie die Luft mit den Fäusten.

Götter! Ihr Götter, wenn es euch gibt, wo seid ihr jetzt? Ich würde mein Leben und meine Seele für die Rache geben! Sie ballte die Hände, blickte zu den bleichen Gesichtern der Monde hoch. *Omen, Vorzeichen, Götter, wozu seid ihr gut? Rache, Rache, mein Leben für die Rache!* Ihr war, als *sehe* sie die Intensität ihrer Worte, die in ihrem Herzen bebten, wie ihre Hände bebten. Sie pulsierten in der Leere, die die getrockneten Tränen und ihre Klagen hinterlassen hatten. Mhari schrie es laut hinaus.

„Ihr Götter! Hört mich! Ihr Götter oder alle Dämonen!"

Schweigen. Sie hatte keine Antwort erwartet. Rings um sie tropfte die Stille nieder, nur irgendwo wieherte ein Pferd, in der Ferne bellte ein Hund, ein kleines Tier raschelte im Gras. Mhari erschauerte; es war kalt. Sie fühlte sich leer, ausgehöhlt, als herrsche dort, wo ihre Trauer gewesen war, der Tod. Die Erstarrung war schlimmer als alle Tränen der letzten vierzig Tage. Sie tat einen langen, zitterigen, müden Atemzug. Die Monde stiegen höher, die Dunkelheit verdichtete sich, und bald kam nun ihr Räuber-Leibwächter und begleitete sie zu ihrem Schicksal, mit dem sie sich irgendwann abfinden würde, falls ihr nicht das Glück zuteil wurde zu sterben. Auf eine größere Rache an Narthen als die, daß sie bei der Geburt seines ersten Kindes starb, durfte sie nicht hoffen. Wenigstens hatte er dann keinen Sohn einer Delleray, auf den er seinen erlogenen Anspruch stützen konnte.

Wird das der Weg sein, auf dem ich mein Leben für die Rache opfere? Werden so die Götter meine Gebete erhören?

Ich weiß nichts von Göttern und Gebeten, erklang eine Stimme in ihren Gedanken, *aber wenn du dich ganz der Rache weihst, werde ich dir helfen.*

Mhari fuhr zusammen und warf wilde Blicke um sich. Wer war da in Antwort auf ihre Gebete gekommen? Sie saß allein auf dem dämmerigen Abhang. In der Luft erschien ein leichtes Schimmern, ein blasses, bläuliches Glühen, und ein Mann - ein Mann? - stand vor ihr.

Er war groß mit dem roten Haar und den mageren, scharfen Zügen eines *Laranzu,* eines Zauberers. Ein Ring glänzte an seinem Finger. Er war bleich wie Rauhreif, Schnee lag auf seinem Haar, und seine Augen hatten das metallische Glänzen von Eis. Mhari richtete die Augen von ihm entsetzt zu dem wartenden Leibwächter, der hätte gelaufen kommen müssen, um sich zwischen die Frau seines Hauptmanns und einen Fremden zu werfen.

Dann merkte sie, daß sie die Felsen, Bäume, sogar Steine und Gras *durch* seinen Körper sah.

Also war er nicht da. Sie war endgültig übergeschnappt, dies war nicht mehr als ein tröstlicher Traum, eine Illusion ...

Rache, sagte der Fremde, und sie vernahm das Wort so deutlich, daß sie wie ertappt zu dem Leibwächter hinabsah, denn sie fürchtete, er habe es gehört. Aber da war kein Laut außer dem Summen irgendeines kleinen Insekts im Gras.

Zweifelst du an deinem gesunden Verstand, Mhari, meine sehr entfernte Verwandte? Gut, denn du mußt ganz, ganz wahnsinnig nach der Rache sein, bevor ich dir helfen kann, und du mußt schwören, daß du meinen Preis bezahlen wirst.

„Alles“, erklärte sie leidenschaftlich. „Doch wie kannst du, der du durchsichtig, körperlos, ohne Substanz bist, mir die Rache bringen, nach der ich brenne?“

Das soll dir enthüllt werden, wenn du mein Schwert nimmst. Gibt es einen Preis, den du nicht zahlen willst?

„Keinen", flüsterte sie. „Ich schwöre es."

Ein Schwert. In ihrer Kindheit hatte sie den Unterricht ihres Bruders im Schwertfechten geteilt; sie hatte gejagt und Wild getötet. Glaubte er, sie schrecke vor dem Anblick des Blutes eines Feindes zurück?

Danach sehne ich mich, sagte er, und seine Lippen bewegten sich nicht. *Mein Schwert will das Blut des Usurpators haben. Schwöre, daß du meinem Schwert das Blut deiner Feinde geben willst, und es soll dein sein.*

„Ich schwöre es, bei meinem Leben", antwortete sie laut, und wieder hatte sie Angst, der Leibwächter habe gehört, wie sie mit sich selbst sprach.

Wenn das wahr ist, gehe in die Kapelle der Vier Winde und wiederhole deinen Eid. Dann nimmst du, was du dort findest.

Wahnsinn. Mhari raffte ihre Röcke und floh den Berg hinab. Über die Schulter sah sie, daß der fremde Jüngling nicht mehr da war. War er überhaupt jemals dagewesen? Sicher nicht. Sie war wahnsinnig geworden.

Und doch - wenn er nicht mehr als eine Stimme in ihrem Kopf gewesen war - warum wurde sie dann in die Kapelle geschickt, um dort zu schwören? Einer Wahnsinnigen konnte der Eid überall abgenommen werden!

Sie war erst ein paar Dutzend Schritte gelaufen, als sie merkte, daß der Räuber ihr hart auf den Fersen war. Er fragte: „Wohin geht Ihr, Domna Mhari?" Und sein Ton war eine merkwürdige Mischung aus Unverschämtheit und Servilität.

„In die Kapelle", antwortete sie mit bebender Stimme, „um für meine toten Verwandten zu beten. Willst du mich vielleicht daran hindern?"

Er trat zur Seite, neigte den Kopf und ließ sie vorangehen.

An der Tür zu der Kapelle der Vier Winde schritt sie in königlicher Haltung an ihm vorbei.

„Warte draußen, Bursche! Sonst rufe ich die Geister der Toten, dich zu quälen!"

„Geister!" schnaubte er und lachte, daß sein dicker Bierbauch wackelte. Aber er lehnte sich schulterzuckend an die Wand. „Es gibt hier keinen anderen Ausweg, Domna. Betet in Frieden, ich werde warten."

Man hatte Mhari gelehrt, sich in der Kapelle nicht anders als sauber und in ihrer besten Kleidung zu zeigen; das erfordere die Achtung vor den Göttern. Im innersten Herzen wußte sie jedoch, daß es nicht darauf ankam, und wenn sie wahnsinnig war, was machte es schon für einen Unterschied? Sie trat ein und blickte ringsum auf die flackernden Lichter - es waren alte Leuchtsteine -, in deren schwachem Schein sie deutlich die Gemälde über den Altaren der Vier Winde erkennen konnte: Avarra, die dunkle Mutter der Geburt und des Todes, Evanda im Frühlingsgrün ihrer Blumen, Aldones mit der strahlenden Sonne hinter seinem Kopf, Zandru mit der Waage, die Schalen für Gut und Böse im Gleichgewicht. Mhari kniete vor dem Hauptaltar nieder, und ihre Seele war ganz erfüllt von ihrem leidenschaftlichen Wunsch.

Ich will Rache haben! Ich schwöre es!

Langsam entstand vor ihren Augen auf dem leeren Altar ein eisiges Glühen, bleich und schimmernd wie das, das den fremden *Laranzu* eingehüllt hatte.

Es waren die Umrisse eines Schwertes, wo vorher kein Schwert gelegen hatte.

Greif zu, sagte die Stimme des Fremden, obwohl sie ihn nicht sah. *Nimm das Schwert.*

Ihr Herz klopfte so laut, als wolle es ihr die Brust sprengen. Bestimmt war gar nichts da, es war ein Traum ihres Wahnsinns. Aber ihre Finger schlossen sich um etwas Hartes auf dem Altar, und als sie es wegzog, verblaßte der eisige Schimmer, und sie hielt ein Schwert in der Hand. Fest, hart, kalt und wirklich, ein Schwert mit silbernem Griff, umwunden von einer glänzenden blauen Seidenschnur, ein Glühwürmchen-Licht in der dämmrigen Kapelle. Die Waffe war jetzt nicht mehr von einem ätherischen Glühen umgeben, sie war einfach ein Schwert in einer Lederscheide. Den Griff umfassend, zog sie es ein Stückchen heraus. Verschlungene Buchstaben leuchteten rot auf. Mhari strengte ihre Augen an, um sie zu lesen.

ZIEH MICH NUR, WENN ICH BLUT TRINKEN DARF.

Ein reales Schwert in der Hand, keuchte sie laut. Die Stimme in ihrem Kopf erklärte:

Du brauchst keine Fertigkeit, um dies Schwert zu schwingen. Es wird aus eigenem Willen das Blut trinken, das ihm zusteht, und mit ihm das Leben deiner Feinde.

Ihr Räuber-Leibwächter schob sich durch die offene Tür und sagte argwöhnisch: „Ich glaube, ich habe eine Stimme gehört ..." Er blieb stehen und hielt scharf Umschau.

„Mach nur", forderte Mhari ihn eisig auf. „Suche hinter dem Altar und den Wandbehängen; vielleicht sind meine toten Verwandten aus dem Grab auferstanden!"

„Ich habe Euch sprechen gehört, Domna ..."

„Ich habe gebetet."

Sie stellte sich so, daß das Schwert zwischen dem Stein des Altars und ihrem Körper verborgen war. Der Räuber kam und spähte mit finsterem Gesicht umher. Irgend etwas in ihr schrie: *Töte, töte, er ist der Schlimmste von allen ...* Es war fast wie ein Schmerz, das hohe Singen in ihrem Kopf: *Zieh mich nur, wenn ich Blut, Blut trinken darf. Ich will Blut ...*

Nein, dachte Mhari. Nicht jetzt. Narthen soll als erster sterben. Warum den Mann töten, wenn der Herr am Leben bleibt? Wurde es ruchbar, daß sie ein Schwert hatte, bekam sie bei Narthen keine Chance mehr. Und wenn sie *ihn* getötet hatte, kümmerte es sie nicht, was danach geschah.

Der Räuber rückte näher. Ihr war, als zucke das Schwert in ihrer Hand, und sie dachte: *Vielleicht bleibt mir keine Wahl ...*

Blut! Ich will Blut! Töte ihn!

Er starrte ihr ins Gesicht und brummte verwirrt: „Ich dachte, Ihr hieltet etwas in der Hand, Domna ..."

„Kommt und seht nach!" Sie dachte: *Vielleicht muß ich ihn töten, töten, sein Blut mit diesem Schwert trinken ...*

Er legte die Hand auf sein eigenes Schwert ... und trat kopfschüttelnd zurück.

„Muß die Beleuchtung gewesen sein ...", murmelte er und ließ seine Waffe wieder in die primitive Scheide gleiten. Mhari stieß den angehaltenen Atem aus.

Er hat mein Schwert nicht sehen können! Und doch lag es kalt und fest in ihrer Hand und gab ein hohes Summen wie hundert Bienen von sich ...

Er wandte ihr den Rücken und stampfte aus der Kapelle. „Dieser Ort, verdammt noch mal, läßt es mir kalt das Rückgrat hinunterlaufen ..."

Mhari schluckte. Ihre Kehle war trocken. Sie wollte das Schwert zurückschieben.

Bezahle meinen Preis! Blut ... Das Schwert widerstand ihren Versuchen, es in die Scheide zu stecken, und endlich erfaßte Mhari intuitiv, was sie tun mußte. Sie legte die rasiermesserscharfe Schneide an ihre Hand, ritzte die Haut und schmierte das Blut auf die Klinge. Dann zog sich das Schwert gehorsam zurück, als habe sie von seinem Eigenwillen nur geträumt.

Wenn ich dich das nächste Mal ziehe, versprach sie, sollst du nicht wieder bedeckt werden, bis Narthens Blut deine Klinge trübt ...

Niemand anders konnte das Schwert sehen ... nicht

Narthen, nicht sein Gefolgsmann. Mhari band sich den Gurt um die Taille. Sie fühlte das Gewicht, aber wenn sie an sich hinunterblickte, sah auch sie es nicht, solange sie den Griff nicht in die Hand nahm.

Jetzt auf zu Narthen – und zur Rache!

Für Narthen war es sehr wichtig, daß Mhari am Ende der langen Tafel neben ihm den Hochsitz einnahm. Niemals in den letzten vierzig Tagen hatte sie sich dort niedergelassen, ohne daß Tränen ihre Sicht verschleierten und sie die Erinnerung an das edle Gesicht Farren Dellerays quälte, ihre Mutter Liane an seiner einen, seine *Barragana* Stelli, blaß und hübsch und beinahe ganz so, wie Liana als junges Mädchen gewesen war, an seiner anderen Seite. Tatsächlich war Mhari mit Liana eng verwandt und Mharis Cousine. Jeden einzelnen Abend hatten ihre Tränen die Gesichter der sich um die Tafel lümmelnden Räuber ausgelöscht, die mit ihren Deckelkrügen anstießen und mit den garstigsten Frauen des Haushalts und den wenigen treulosen Dienern, die überlebt hatten, zotige Lieder grölten. Mharis brennende Augen hatten nur die geliebten Gesichter ihrer Toten erblickt.

Heute abend jedoch waren ihre Augen hart, trocken und tränenlos. Sie meinte, in Narthens Miene dankbare Überraschung darüber zu erkennen, daß sie endlich einmal ihren Platz einnahm, ohne zu weinen. Und als er ihr eine Schüssel reichte, nahm sie ihre Gabel und legte sich vier Fleischschnitten auf den Teller. Eine Hand behielt sie auf dem Schoß, den unsichtbaren Griff des Schwertes umklammernd. Sie aß mit Heißhunger, und ihre Zähne mahlten und kauten das zähe, versengte Fleisch, als zerrissen sie Narthens Kehle.

Er glaubte, sie habe sich ausgeweint und den Entschluß gefaßt, sich mit dem Unvermeidlichen abzufinden. Mharis Augen folgten seinem Blick, der zu ihrer Taille wanderte, und sie konnte sich denken, welche Vermutungen er anstellte. Vierzig Tage - Zeit genug für sie, um zu wissen, ob er sie geschwängert hatte, Zeit genug auch, um zu resignieren und hinzunehmen, was sein mußte. Er rülpste, klopfte seinen Bauch, und seine Hände verweilten auf dem schönen, pelzbesetzten Kleidungsstück, das er irgendwo in den überquellenden Vorratsräumen von Sain Scarp gefunden hatte. Er schnurrte doch tatsächlich vor Zufriedenheit wie eine Katze, die in der Milchkammer eingeschlossen worden ist! Sicher malte er sich das gute Leben hier in seinem neuen Heim aus. Mharis Zähne knirschten auf einem Knochen. Es war die erste richtige Mahlzeit, die sie sich seit dem Tage gönnte, als die Welt sich rings um sie aufgelöst hatte. Sie nahm die Augen nicht von dem dicken roten Hals Narthens, bis auf das eine Mal, als sie sich umwandte, den Leibwächter musterte und überlegte, ob es ihr irgendwie gelingen würde, sie beide zu töten.

Schwert, du wirst eine ebenso gute Mahlzeit bekommen wie ich!

Nach dem Essen saßen sie noch lange beim Wein und röhrten trunkene Lieder. Ein Mann hob eine der Frauen - sie war eine der schmutzigsten Stallmägde gewesen und trug jetzt ein bekleckertes Prachtgewand - auf den Tisch und forderte sie auf, für sie zu tanzen.

„Los, Mädchen, schmeiß deine Beine, schüttele deine Titten!“ brüllte einer der Räuber. Das Mädchen hopste tölpelhaft zwischen den Tellern umher und hob die Röcke in der linkischen Nachahmung eines der Tänze, die Mhari beim Mittsommerfest vorgeführt hatte. Plötzlich wurde Mhari so übel, daß sie die Zähne zusammenbeißen mußte. Dieses Kleid, violette Seide, mit Schmetterlingen bestickt - es hatte ihrer Schwester Lauria gehört, sie hatte es selbst gestickt, bevor sie fünfzehn war. Und jetzt hatte Lauria den Tod von den Händen der Männer - Avarra allein wußte, wie vieler -

gefunden, die ihren jungen Leib schändeten ... *Oh, Lauria, Lauria, ich tue es auch für dich* ... Mhari krampfte die Hände um den Griff des Schwertes, bis ihr die Knöchel schmerzten, damit sie nicht aufsprang und dem Mädchen das Kleid von den drallen, sommersprossigen Schultern riß ... *Ich habe es bisher nie gesehen, ich habe Abend für Abend hier gesessen und nicht gemerkt, daß diese dreckige Schlampe Beria die Kleider trägt, die meine Mutter mit ihren Frauen für ihre Töchter angefertigt hat* ...

Lauria und Janna und Gavriela. *Und ich, Schwestern, und ich ... ihr seid gestorben, und ich habe noch vierzig Tage gelebt. Aber ich werde euch alle rächen* ...

Die an der Tafel sitzenden Räuber brachen schließlich doch auf, schlenderten Arm in Arm aus der Halle, zogen die Frauen mit sich und betatschten sie. Zwei der Männer gerieten in Streit und zogen die Messer. Narthen sprang von seinem Hochsitz, trennte sie mit ein paar gutplacierten Fußtritten, riß ihnen die Messer aus der Hand und schleuderte sie verächtlich in den Kamin. „Höllenfeuer, Jungens, was ist denn der Unterschied zwischen dem einen oder anderen Rock, sobald die Lampe aus ist? Sucht euch ein zweites Mädchen, oder wechselt euch bei der hier ab, aber Schlägereien gibt es an meinem Tisch nicht!"

An meinem Tisch. Wie schnell er gelernt hat, sich als den Herrn zu sehen! Genieße es, solange du es noch kannst, Narthen. Mhari spürte das Schwert in ihrer Hand, als wolle es sich aus der Scheide freikämpfen. Aber sie durfte es noch nicht ziehen, erst in dem Augenblick, wo sie ihm das Blut Narthens zu trinken geben konnte. Sie zwang ihre Hand, sich von dem Griff zu lösen, und versprach flüsternd: „Bald, bald ... bald bekommst du etwas ..."

„Habt Ihr mit mir gesprochen, Domna Mhari?" fragte Narthen mit dieser widerlichen Freundlichkeit, die sie verabscheuungswürdiger fand als seine schlimmste Brutalität. „Was wird bald sein?"

Wie gern hätte sie es ihm voll Schadenfreude ins Gesicht geschrien ... aber die Zeit war noch nicht da. Sie antwortete mürrisch: „Ich sprach mit meinem Hündchen unter dem Tisch und versprach ihm, es werde bald einen Happen von meinem Teller bekommen." Mit zitternden Fingern riß sie ein paar zarte Stücke von der gebratenen Keule in der Mitte des Tisches - es war nicht viel mehr als der Knochen übrig, nur wenige blutige, nicht durchgebratene Fetzen hingen noch daran -, beugte sich vor und hielt sie dem Hund hin. Das Tierchen winselte, wich zurück und verschmähte den angebotenen Leckerbissen, und Mhari fühlte das Blut über ihre Finger rinnen.

„Was ist los mit dem verdammten kleinen Biest?"

„Es hat Angst vor Euch", erklärte Mhari fest. „Zweifellos habt Ihr es getreten, als ich nicht dabei war."

„Zandru schicke mir Skorpionpeitschen", knurrte er. „Hältst du mich immer noch für ein solches Ungeheuer? Es hat keinen Zweck, gut zu Frauen oder Hunden zu sein - beide beißen einen, wann sie wollen! Komm!" Seine Hand krallte sich in ihre Schulter. „Geh auf dein Zimmer. Laß dich von deinen Frauen auskleiden. Ich komme bald nach. Ich möchte noch einen Becher Wein trinken."

An jedem anderen Abend hätte Mhari das mit Freude vernommen. Ein- oder zweimal war er schon die halbe Nacht am Tisch sitzen geblieben und endlich eingeschlafen, so daß sein Leibdiener ihn hatte ins Bett tragen müssen, oder er war hereingeschwankt, so betrunken, daß er zu nichts anderem mehr fähig war, als an ihrer Seite zu schnarchen. Jetzt meinte sie, den Aufschub nicht ertragen zu können. Sie sah in sein heißes Gesicht hoch und zwang ihre Lippen, sich zu der gräßlichen Parodie eines Lächelns zu verziehen. „Bleibt nicht zu lange, mein Lord."

Sein Gesicht wurde rot vor Befriedigung. Mhari wußte, was er dachte, und zuckte zusammen, aber ihre Hand lag fest auf dem Schwertgriff, und sie hörte sich selbst flüstern: „Bald, bald.“ Seine grobe Hand fuhr in einer rauhen Liebkosung über ihr Gesicht und ihre Brüste. „Oh, es wird nicht sehr lange dauern“, versprach er, die Augen schwer vor Hitze. Mhari fühlte heiße Freude in sich aufsteigen. Sie dachte daran, wie sie zuschlagen und sein Blut auf sie, auf das Schwert spritzen sehen würde. Narthen brüllte: „Beria! Lanilla! Bedient Lady Mhari!“ Die Frauen kamen gelaufen und scharwenzelten den ganzen Weg zu ihrem Zimmer um sie herum.

Vierzig Tage lang hatte sie Narthens Bett in dem großen Raum geteilt, wo ihr Vater mit Stelli geschlafen hatte, seit ihre Mutter - acht Jahre war es her - ihr letztes Kind tot geboren hatte und fast daran gestorben war. Stelli hatte kein Kind bekommen. Das hatte Mhari bedauert - sie hatte die jedes Jahr im Haushalt geborenen Babys geliebt und hätte gern eine kleine Halbschwester oder einen Bruder gehabt -, doch jetzt war sie froh, daß keine Kleinen dagewesen waren, die Narthen hätte töten oder seinen Männern übergeben oder unter seiner Herrschaft aufwachsen lassen und verderben können.

Mhari gelang es, das Schwert auf das Bett zu legen. Sie war überzeugt, daß keine der Frauen es *sehen* konnte, aber es war so hart und fest in ihrer Hand, daß sie nicht glaubte, sie könnten es, wenn es an ihrer Taille hing, auch nicht *fühlen*. Die Frauen wuschen sie und steckten sie in ein seidenes Nachtgewand, das der Frau eines der Friedensmänner ihres Vaters gehört hatte. Narthen, dachte Mhari spöttisch, hätte niemals geglaubt, daß die Töchter des Lords in einfachen Leinenhemden und wollenen Bettsocken mit heißen Ziegelsteinen an den Füßen schliefen. Sie haßte das Seidengewand, das ihre Brüste seinem wollüstigen Blick nackt darbot, haßte es, darin zu frieren. Aber als man sie ins Bett gelegt hatte, streckte sie die Hand nach dem unsichtbaren Griff des Schwertes aus, und seine Festigkeit beruhigte sie. Wieder begann das hohe Summen in ihrem Kopf zu vibrieren: *Blut, Blut, ich will Blut haben, zieh mich, damit ich trinken kann ...*

Als endlich Narthen mit seinem geröteten Gesicht unter der Tür erschien, konnte sie einen kleinen Schrei - diesmal nicht der Furcht, sondern der reinen Freude - nicht zurückhalten. Er mißverstand sie und sagte mit seiner betrunkenen, törichten Stimme: „Ah, jetzt kannst du es nicht erwarten, wie, meine Kleine? Ich habe dir doch gesagt, mit der Zeit würdest du mich schon mögen - ich komme gleich zu dir.“ Seine ungeschickten Finger fummelten an der Verschnürung seiner Kleidung. Er näherte sich ihr, nackt, mit stolpernden Schritten, sein Glied hatte sich bereits aufgerichtet, er beugte sich über sie ...

Blut! Zieh mich, damit ich trinken kann! Das hohe Schrillen füllte den Raum, und durch den Nebel vor ihren Augen sah Mhari die frostigen Augen des Geistes dieses Schwertes, das durchscheinende Rot seines *Laranzu*-Haars, und es schien eher seine Hand als ihre eigene zu sein, die das Schwert herausriß. Narthen murmelte: „Ah, meine kleine Mhari ...“

Pfeifend sauste das Schwert durch die Luft, und mit einer Kraft, die Mhari nie in ihren Armen vermutet hätte, schlitzte es Narthens nackten Bauch auf. Ihm blieb ein Augenblick, um wild zu heulen: „Hilfe! Mord!“, dann fiel er vornüber. Das Blut ergoß sich über Mharis Beine.

Sie erinnerte sich nicht, daß sie das Schwert aus seinem Körper gezogen hatte. Es glitt mit leisem Summen zurück in die Scheide. Mhari lag still neben der Leiche des Mannes, der ihren Vater getötet und sie vergewaltigt hatte und dadurch Sain Scarp hatte erben wollen. Für eine Sekunde blickte sie in die kalten Augen des *Laranzu* ... dann war er verschwunden. Er war niemals dagewesen. Mhari wand sich unter Narthens Leiche hervor und stellte fest, als gehörten ihre Hände jemand anderem, daß sie mit Narthens Blut besudelt waren. Sie wischte sie heftig an dem seidenen Nachtgewand ab.

Narthens Leibwächter stürmte in den Raum und rief: „Mein Lord!" Er blieb an der Tür stehen, starrte mit großen Augen und offenem Mund Mhari in ihrem blutbefleckten Gewand, die Hände voll Blut, an. Das Schwert summte hoch, schrill, kreischend.

Blut! Blut! Ich habe immer noch Durst, ich bin nicht satt geworden ...

„Mein Lord!" rief der Mann, lief durchs Zimmer, warf sich neben seinem toten Herrn auf die Knie. „Oh, mein lieber Lord ... Sprecht zu mir, sprecht zu Haddell ..."

Mhari schrie: „Er wird nie mehr zu dir sprechen!"

Haddell riß seinen Dolch aus der Scheide und näherte sich ihr. „Du! Du Höllenkatze, ich riet ihm, sich in acht zu nehmen - aber ich habe das hier ..."

„Komm doch, komm!" forderte Mhari ihn heraus. „Willst du auch etwas davon?" Das Schwert pfiff, riß sie hinter sich her, schnitt durch Haddells Hals und trennte ihm fast den Kopf ab. Er wurde von seinem eigenen Schwung noch als Toter vorwärts geschleudert, dann fiel er schwer zu Boden.

Die Frauen Beria und Lanella hatten die Schreie gehört, kamen gelaufen und wichen vor dem Geruch nach Blut und Tod, der überall in dem Zimmer zu hängen schien, zurück. Heulend rannten sie davon. Das Schwert zerrte an Mhari und schrillte: *Blut, Blut, töte sie auch.* Mhari tat einen Schritt, das Schwert in den Händen. Dann kehrte die Vernunft zurück, und sie blieb wie angewurzelt stehen. *Nein. Genug. Genug für jetzt.* Entschlossen zwang sie das widerstrebende Schwert zurück in die Scheide. Vielleicht schlugen die Frauen keinen Alarm, aber auch wenn sie es taten, irgendwann mußte sie zu kühler Überlegung zurückkehren. Ganz bestimmt konnte sie nicht jede einzelne Person in der Burg töten, auch nicht mit einem Zauberschwert.

Sie wusch sich Hände und Gesicht, zog das blutdurchtränkte Nachtgewand aus und warf es ins Feuer. In einer Truhe fand sie eins ihrer eigenen alten Wollkleider. Jetzt mußte sie es irgendwie schaffen, in den Stall zu gelangen, sich ein Pferd zu nehmen, zu fliehen - oder zumindest die Botenvögel freizulassen.

Sie lief durch die große Halle und hörte aufgeregte Stimmen.

„Es war nichts zu sehen, ein Tod aus dem Nichts, kein Schwert oder sonst etwas ... nur ein Geräusch in der Luft, und Haddell fiel tot über die Leiche des Hauptmanns ..."

„Hat Domna Mhari ihn erstochen?"

„Nein, nein, das ist unmöglich, es muß sich jemand im Zimmer versteckt haben, vielleicht einer der Männer des alten Lords, der geflohen war und zurückkehrte ..."

„Wo ist sie hin? Wo versteckt sie sich?"

„Gib nur acht, wer es auch gewesen sein mag, der den Hauptmann und seinen Leibwächter tötete, *er* versteckt sich irgendwo ..."

Mhari schlang mit grimmiger Befriedigung die Arme um sich. Sie griff sich von dem unordentlichen Tisch eine Handvoll kaltes Fleisch und Brot und eine Lederflasche mit Wein. Schnell weiter zum Stall! Aus dem verlassenen Flur nahm sie einen Mantel mit, der einem der Räuber gehörte, ein grobes Ding aus ungegerbtem Fell, innen mit lockiger weißer Wolle bedeckt und mit rauhem braunem Fries auf der Außenseite. Er kratzte sie und roch stark nach Wolle, aber er war warm.

Draußen fiel dichter Schnee, und ihre Schritte knirschten auf der bereits hartgefrorenen Kruste. Sie eilte in den Stall und spähte zurück, ob irgendwo Laternen auftauchten,

Männer ausschwärmten, sie suchten. Dann würde sie nie durchkommen. Nicht einmal bei Nacht, nicht mit einem Pferd, wie sie es im Dunkeln finden und satteln konnte. In verzweifelter Hast stieg sie die Leiter zum Heuboden hoch. Verschlafenes Gurren und Glucksen begrüßte sie aus dem Schlag der Botenvögel. Sie riß die Tür des Verschlags auf, ließ die Arme kreisen, drängte sie mit hartem Unterton: „Schsch! Schsch! Hinaus, hinaus, fliegt ..."

Die Vögel flatterten aus dem runden Bodenfenster. Sie zeichneten sich scharf vor dem Schnee ab, kreisten kurz als geschlossene Gruppe, verwirrt von der plötzlichen Freiheit. Fast als würden sie von einer einzigen Intelligenz gelenkt, schwebten sie in der Luft, machten kehrt und flogen in den Sturm hinaus - fort, fort, über den Paß nach Scaravel.

Dort wird man sich sagen, daß etwas nicht stimmt. Sie werden kommen, sie werden mich retten ... mein einziger Bruder Ruyven, mein Cousin, mein Verwandter, mein geliebter Rafael ...

Vor Anstrengung keuchend, lehnte sich Mhari gegen einen Dachbalken. Das Heu war so weich unter ihren Füßen, daß sie gern hineingesunken wäre, um zu schlafen, zu schlafen, für immer zu schlafen ...

„Sieh mal", rief draußen jemand, der eine Laterne schwenkte, „da fliegen sie hin - sämtliche Vögel! Es ist wer auf dem Heuboden, Männer! Faßt ihn! Hinauf! Mir nach!"

Ihre Arme, ihre Hände zitterten vor Erschöpfung. Mhari stellte das Bündel mit Fleisch und Brot ab, das sie in die Tasche gestopft hatte, und faßte müde nach dem Schwert. Sie hörte das Scharren von Füßen auf der Leiter, sah das Licht einer Laterne durch die Falltür schimmern. Den Schwertgriff umklammernd, wich sie von dem Loch im Fußboden zurück. Das hohe Schrillen war rings um sie, und sie hörte das Heu unter ihren Füßen rascheln.

„Hier oben!" rief der Mann. „Mir nach ..."

Aus seinem Kopf spritzte Blut, noch bevor Mhari merkte, daß das Schwert die Scheide verlassen hatte. Der tote Räuber fiel, sich überschlagend, auf die sich unten zusammendrängenden Männer. Es herrschte Stille, und nach einer Weile entfernten sich die Laternen.

Das Schwert glitt zurück. Es summte vor Vergnügen.

Trübes graues Licht stahl sich auf den leeren Heuboden. Schnee trieb durch das Fenster. Mhari rieb sich das Gesicht mit Schnee ab, um sich zu erfrischen. Ihre Augen brannten. Narthen war tot, und die Räuber rannten im Hof umher wie Skorpion-Ameisen, wenn man ihren Hügel eingetreten und die Königin totgetrampelt hat. Ein paar ritten fort. Andere stritten lautstark darüber, wer sie jetzt anführen solle. Eine der Frauen, einen Sack voll Silberteller vor sich auf einem Esel, den Rock bis zu den Knien hochgezogen, da sie im Herrensitz ritt und ihre Beine in den geringelten Wollstrümpfen zeigte, verschwand im Zuckeltrab bergab. Mhari hörte zwei der Räuber darüber sprechen, ob sie ihr nachsetzen sollten, aber dann begannen sie, sich wegen irgendwelcher Beutestücke, die sie haben wollten, zu beschimpfen.

Mit etwas Glück geraten sie sich alle in die Haare, töten sich gegenseitig. Ich bleibe hier versteckt, bis sie weg sind. Heute abend müßten die Vögel Scaravel erreicht haben ... Auch wenn die Hälfte von ihnen der Kälte, dem Sturm und Raubtieren zum Opfer fällt, wird der Rest die Leute von Scaravel darauf aufmerksam machen, daß etwas passiert ist ...

Sie aß von dem Brot und trank von dem sauren Wein, verzog das Gesicht und wünschte, es wäre Wasser oder Milch. Nach einiger Zeit hörte sie Schritte im Stall unten. Aber es war nur jemand, der ein Pferd hinausführte, und sie beruhigte sich wieder.

Das hohe Schrillen ertönte in ihrem Kopf.

Blut, Blut, ich will Blut ...

Nein, sagte sie zu sich selbst. Jetzt nicht. Sie würde sich hier verstecken, bis die Räuber fort waren; weiteres Blutvergießen war nicht notwendig. Führerlos würden sich Narthens Männer nie einig werden, wie sie die Burg halten sollten, und wenn die Retter aus Scaravel eintrafen, hatten sie wenig Mühe, die paar Zurückgebliebenen loszuwerden …

Ich habe Durst! Ich will Blut!

Mhari biß die Zähne zusammen, zwang die Stimme zum Schweigen. Doch gegen ihren Willen wanderte ihre Hand an den Schwertgriff … Das Schwert war in ihrer Hand, es lag nackt in ihrer Hand, und das hohe Schrillen füllte ihren Kopf, füllte die ganze Welt …

Zieh mich nur, wenn ich Blut trinken darf! Du hast geschworen, meinen Preis an Blut zu bezahlen, an Blut, Blutblutblut … Das Summen war so laut, daß Mhari fürchtete, taub davon zu werden. Schluchzend stellte sie fest, daß sie auf den Füßen stand, daß sie ihre Schritte zur Leiter richtete …

„Nein! O Götter, nein, nein …!" rief sie halblaut. Das Schwert zerrte sie weiter, bis sie Gefahr lief, kopfüber durch die Falltür zu stürzen. Blindlings setzte sie die Füße, suchte gegen ihren Willen die Sprossen der Leiter, die sie in den Hof zwischen die streitenden Männer führte. Das Schwert blitzte …

Ein Mann lag tot zu ihren Füßen, dann ein zweiter. Sie fühlte sich vorwärts springen, fühlte ihre Arme sich heben, sie tötete ohne Nachdenken und ohne Willen. Ein Mann lag heulend auf dem Boden, ein anderer, dem der Arm vom Körper getrennt war, schrie und schrie und blutete, bis seine Schreie erstarben. Mhari würgte, wandte sich ab und übergab sich, aber das hohe Schrillen des dürstenden Schwertes füllte immer noch ihren Kopf und die ganze Welt …

Der unsichtbare Tod flammte, spielte, schlug wieder und wieder zu …

Die Räuber flohen in Panik aus dem Hof, stolperten übereinander. Einige liefen zu Fuß davon, andere taumelten erst zu den Pferden. Die Beute war vergessen, alles war vergessen bis auf den unsichtbaren Tod, der sie aus dem Nichts anfiel. Dann war der Hof leer, und ein junges Mädchen lag weinend, erschöpft und krank im Schnee auf den Pflastersteinen, die Hände geballt, mit leerem Magen würgend, und es war ganz still bis auf das satte Murmeln des Schwertes.

Nach langer Zeit stand sie auf und ging in die Burg, wo ein paar übriggebliebene Diener, die sich dem neuen Herrn unterworfen hatten, um ihr Leben zu retten, sich vor ihr verbeugten und ihren Befehl befolgten, die Leichen Narthens und seines Leibwächters aus dem großen Schlafzimmer zu entfernen und zu begraben.

Spät am Abend flog ein Botenvogel auf den Hof. Mhari hörte seine leisen Rufe, kam und fütterte ihn und nahm von seinem Bein ein Röllchen, auf dem stand:

> Falls jemand auf Sain Scarp überlebt hat – wir kommen, wir werden beim zweiten Sonnenaufgang von diesem Tag an bei euch sein.
>
> Ruyven Delleray

Mhari hielt das Röllchen in der Hand und weinte. *Mein Bruder, mein Bruder lebt noch,* dachte sie, *und er wird morgen hier sein. Aber ich habe meinen Vater und meine Mutter und meine Schwestern und Brüder gerächt.*

... Das Schwert an ihrem Gürtel schrillte.

Nein. Meine Rache ist erfüllt, flüsterte sie, aber das Schwert ließ sich nicht zum Schweigen bringen. Obwohl sie ihre Hände in sinnlosem Widerstand verkrampfte, wirbelte es plötzlich durch die Luft.

Der Vogel fiel ihr tot zu Füßen, der Kopf war ihm vom Körper getrennt. Entsetzt betrachtete Mhari das Blut des

Vogels auf dem Schwert und brach in wildes Schluchzen aus.

Auf kraftlosen Füßen schwankte sie in die Kapelle, legte das Schwert auf den Altar und lief hinaus, so schnell sie konnte, als fürchte sie, es werde ihr folgen.

Zu der Zeit, als die Reiter, eine kleine Armee, auf der Kuppe des Hügels erschienen, die Schwerter gezogen und kampfbereit, hatten die paar verbliebenen Diener das Blut von den Pflastersteinen geschrubbt, und frischer Schnee bedeckte den Hof mit einem glatten weißen Laken. Mhari rannte ihnen entgegen, erkannte Ruyven an der Spitze. Er hielt an, sprang vom Pferd und riß sie in seine Arme.

„Was ist geschehen? Ah, gesegnete Avarra, sind sie fort? Wie bist du lebend entronnen? Sind alle tot - Mutter, Vater ...?"

Sich an ihn klammernd, stammelte Mhari die ganze Geschichte heraus, von Überfall, Verrat, Kampf, Mord, Vergewaltigung. Ruyven weinte, als er das hörte. Dann wandte er sein Gesicht grimmig den Zinnen zu, wo Narthens Kopf hing, flankiert von den Köpfen seiner Männer.

„Und du - du, kleine Schwester, *du* hast sie alle gerächt?"

Sie flüsterte: „Nicht allein. Ich hatte ... hatte Hilfe durch Zauberei - einer unserer entfernten Verwandten ...", und während sie ihn in die Burg führte, berichtete sie ihm zögernd alles.

„Und wo ist das Schwert jetzt, kleine Mhari?"

„Es liegt in der Kapelle", murmelte sie. „Wieder verborgen, wie es war, als ich das erste Mal hineinging."

„Ich habe von dieser Sache gehört", erklärte Rafael ruhig. „Einer deiner Vorfahren, Ruyven, schloß einer Rache wegen einen Vertrag mit einem Geist namens *Chaos*. In der Legende heißt es, wenn jemand aus Delleray-Blut nach Rache schreit, werde der Geist ihm zu Hilfe kommen. Das Schwert wurde mit seinem eigenen Blut gehärtet und lechzt nach dem Blut der Feinde seines Clans ... aber an den Rest der Sage erinnere ich mich nicht mehr. Es ist unheimlich, wenn man mit so etwas zu tun hat ..."

„Oh, es war entsetzlich", weinte Mhari. „Es tötete immer weiter ... und tötete ... auch als ich es nicht mehr wollte, als sie alle fort waren ..."

„Arme Mhari." Rafael ergriff ihre Hand. „Du hast einen fürchterlichen Preis bezahlt, und das nach allem, was du erlitten hast!" Er legte einen Arm um ihre Taille, zog sie an sich und sah Ruyven an.

„Bredu", sagte er leise, „du weißt seit langem, daß Mhari mir von allen Frauen die teuerste ist, wie du mein liebster Verwandter bist. Mhari hat sonst keine Angehörigen mehr - willst du sie mir zur Ehe geben?"

„Mit Freuden." Ruyven umarmte seinen Freund und seine Schwester. „Nichts kann meine Trauer um meine Familie beenden, aber es läßt sich nicht ändern. Nichts bringt sie von den Toten zurück, und so bin ich Lord von Sain Scarp und Delleray. Und die Hochzeit kann stattfinden, sobald du willst."

Mhari fragte, mühsam atmend vor Scham: „Du würdest ... du würdest nehmen, was Narthen übriggelassen hat? Ich ... ich bin beschmutzt von ihm und mit Blut befleckt ..."

„Ah, Mhari!" Rafael bedeckte ihre Hände mit Küssen. „Du bist mir nur um so teurer für alles, was du hast leiden müssen. Und was das Blut angeht, das du vergossen hast, so wurde es der Ehre deines Hauses wegen und in Rache für das Blut deiner Familie vergossen. Ich bin stolz, eine Frau wie Mhari zu bekommen, die tapfere Schwertfrau von Sain Scarp! Willst du mich morgen heiraten, damit ich dich dein Leid vergessen machen kann?"

Friedlich an seiner Brust liegend, flüsterte sie: „Ich will."

Die ganze Sippe war zur Hochzeit gekommen, und Mhari, in ein schlichtes blaues Gewand gekleidet - es war zu einfach, als daß es den Schlampen, die unter Narthens Herrschaft in der Burg gelebt hatten, ins Auge gestochen hätte -, stand an Rafaels Seite in der Kapelle der Vier Winde. Lächelnd schloß Ruyven die Armbänder um ihre Handgelenke.

„Möget ihr für immer eins sein", sagte er und verlangte einen Kuß von seiner Schwester, noch bevor ihr junger Ehemann einen bekam.

Mhari, den Kuß ihres Gatten auf den Lippen, stand wie erstarrt. Auf dem leeren Altar breitete sich langsam ein langes, blasses, blaues Glühen aus, und sie blickte entsetzt in die Augen des *Laranzu* des Chaos. Das hohe Schrillen in ihrem Kopf übertönte sogar Rafaels Stimme.

Blut, ich will Blut ... Du hast geschworen, kein Preis sei dir zu hoch ...

„Nein! Nein!" Sie preßte die Hände auf die Ohren, wollte das gräßliche Geräusch ausschließen. Aber diese gnadenlosen Augen füllten den ganzen Raum, sie spürte das Zerren des Schwertes, das ihre Hände näher zog, zog, zog und schrillte ...

„Nein!" schrie sie noch einmal, als das Schwert schon in einem großen, furchterregenden Bogen hochschwang und niederfuhr. Rafael fiel ohne einen Laut, das glückliche Lächeln des Brautkusses noch auf dem Gesicht. Mhari erkämpfte sich einen Schritt zurück. Ihr Hochzeitskleid war ganz mit Blut bespritzt. Wie wahnsinnig starrte sie die Leiche ihres Liebsten an.

Ruyven rief voller Entsetzen: „Ah, Mhari, Mhari - was hast du getan?"

Blut! Ich habe Durst! Blut, mehr Blutmehrblutmehrblutmehr ...

Ruyvens Bestürzung und Entrüstung verwandelte sich plötzlich in Furcht. „Mhari - Schwester, Schwester, nein ..."

„Nein", schrie sie. „Nein! Ah, nein, du Teufel aus der Hölle, ich will nicht, ich *will nicht* ... zu viel, zu viel, laß es genug sein ... nicht Ruyven, nicht auch noch Ruyven ..."

Erbarmungslos flog das Schwert hoch, sosehr sie sich mühte, ihre Hände loszureißen. „Nein", wimmerte sie mitleiderregend. „Nein! Ah, nein! Verschone mich ..."

Ah, jetzt kenne ich den Preis, das einzige Blut, das dem Tod Einhalt gebieten wird ...

Ruyven, blaß vor Angst, sah es und stürzte zu ihr, um es zu verhindern. Mit aller Willenskraft wechselte Mhari den Griff ihrer Hände an dem Schwert, führte es nach unten ...

Das Blut ihres eigenen Herzens schoß hervor. Sie glitt zu Boden, und mit letzter Kraft schleuderte sie das Schwert weg von Ruyven ...

Es hielt mitten in der Luft an, glühte blau. Um es, *durch es,* materialisierte sich die Gestalt, hochgewachsen, schlank, rothaarig wie ein *Laranzu,* die Augen blau wie Kupferspäne im Feuer. Dann verblaßte er. Das Schwert lag, für einen Augenblick sichtbar, auf dem Altar und verschwand. Ruyven fuhr mit der Hand über die Platte.

Aber der Altar war kalt und leer, und Mhari lag lächelnd da, das Gesicht unversehrt, und irgendwie war ihre Hand in Rafaels tote Hand gefallen.

Zwischen den Zeitaltern

Die Chronologie ist in den Geschichten über Darkover immer eine schwierige Sache gewesen. Die drei folgenden Erzählungen hätten in fast jedem Abschnitt untergebracht werden können, von der Zeit der ersten Besiedlung und dem ersten Auftreten der Laran-*Kräfte bis zum schließlichen Niedergang der Comyn. Es war unmöglich, eine von ihnen zeitlich genau einzuordnen. Nachdem ich jede mehrere Male von einem Abschnitt zum anderen verlegt hatte, kam ich mir allmählich vor wie der Tausendfüßler, den ein Frosch spaßeshalber fragte, in welcher Reihenfolge er seine Beine setze, woraufhin er überhaupt nicht mehr laufen konnte und in einen Graben fiel.*

Da verzichtete ich auf weitere Bemühungen, die Reihenfolge der Beine zu bestimmen (die Chronologie in den Darkover-Romanen war sowieso nie meine starke Seite) und entschloß mich, sie Ihnen in einem eigenen Abschnitt vorzulegen.

Susan Hansens Von zwei Seelen *könnte vielleicht im Zeitalter des Chaos spielen, da es um die Zeit des Zuchtprogramms zu gehen scheint. Aber andererseits hätte ein so behindertes Kind wie Mikhail in jeder Zeit nach dem Auftreten der* Laran-*Gaben geboren werden können.*

Dorothy Heydts Durch Feuer und Frost *kann man sich in jeder Zeit der Geschichte Darkovers vorstellen. Dorothy sagt über ihre Geschichte, wir hätten viel über die Götter Darkovers gehört, aber die auf Traditionen beruhende Religion der Cristoferos vernachlässigt, so daß sie es für an der Zeit hielt, auch einmal diese Seite darzustellen. Es sei außerdem ihre Absicht gewesen, eine Geschichte zu präsentieren, in der nicht eine einzige*

Person rothaarig sei oder der Aristokratie angehöre, in der niemand Laran *besitze oder einen Matrix-Stein benutze. Und trotzdem hat ihre Geschichte ein einzigartig darkovanisches Flair.*

Susan Hansen

Von zwei Seelen

Of two minds

Jeder Mensch gelangt einmal an einen Punkt, wo er denkt, daß sich sein Leben nie verändern wird. Und dann verändert es sich.

Ich kam früh an die Reihe, als ich in meinem fünfzehnten Jahr stand. Damals lebte ich in jenem wundervollen Tiefland, wo man von mir erwartete, demnächst die ganze Verantwortung eines Mannes, aber keins von seinen Vorrechten zu übernehmen. Ich war nichts als Dawyd MacAran, Sohn armer Verwandter einer stolzen Familie. Eine Fehde hatte meinen Vater mit seinen edlen Brüdern entzweit, und er schwor an jenem Tag, er wolle keinen Teil an ihnen haben. Für Ian MacAran war Stolz wichtiger als Reichtum oder Prestige. Es gibt Leute, die da nicht mit ihm übereinstimmen und ihn einen Toren nennen würden, doch ich gehöre nicht zu ihnen.

Mein Vater verdiente das bißchen, was es zu verdienen gab, in einem kleinen Dorf der Venzaberge. Mein Bruder Robard half ihm, sobald er zum Mann herangewachsen war. Ich erwies mich als weniger nützlich, denn ich entschloß mich, Lehrling bei der alten Heilerin Marguerida zu werden. Meine Mutter hatte ihre Kräfte in der Liebe zu ihrem Mann und fünf Kindern aufgebraucht und versuchte, uns alle durchzufüttern. Liriel, meine älteste Schwester, half ihr, für

Alaric und Maellen, die Kleinen, zu sorgen. Ich war wirklich keine große Hilfe, aber ich glaube nicht, daß man mich je wirklich vermißt hat. Wenn Marguerida mich für die Arbeit des Tages mit einer Mahlzeit belohnt hatte, gab sich meine Mutter des Abends Mühe, ihre Erleichterung zu verbergen. Das nahm ich ihr nicht übel; die Kleinen waren noch im Wachsen, und ein Mund weniger zu füttern bedeutete mehr Essen für sie.

Marguerida war alt, und in den Jahren meiner Lehrzeit wurde sie immer langsamer und schwächer und glitt allmählich in die Senilität. Einmal sagte sie, ich hätte Talent zum Heilen, und ich glaube, sie hatte recht, denn als ihre Schwäche offensichtlicher wurde, vertrauten sich die Leute mit ihren Beschwerden immer häufiger mir an. Ich dachte nicht darüber nach, welche Talente ich besitzen mochte, ich hatte einfach Freude an meiner erwählten Lebensarbeit. Ich hatte meine Nische gefunden und wollte dortbleiben.

So dachte ich jedenfalls.

Die *Leronis* kam auf einem braunen Wallach geritten. Der Tag war hell und warm, und die Blumen blühten in lebhaften Farben. Ihre Ankunft rief einen richtigen Aufruhr hervor. Nur selten nahm eine der *vai leroni* Notiz von einem bescheidenen Dorf wie dem unseren. Kleine Gruppen versammelten sich und sahen sie mit ihrer Eskorte von zwei stämmigen, prächtig gekleideten Leibwächtern und einem zarten jungen Mädchen die staubige, grasbewachsene Straße hinunterreiten.

Was konnte eine *Leronis,* eine ausgebildete Telepathin der Comyn, von uns wollen? Wie zur Antwort auf die stumme Frage zügelte sie ihr Pferd und richtete sich an die Menge.

„Ich möchte mit den Ältesten des Dorfes sprechen."

In wenigen Augenblicken war dafür gesorgt. Bald darauf wurde uns mit aller gebotenen Eile ihre Mission erklärt. Es klang sehr einfach, ergab aber wenig Sinn. Ihr Name war

Melisande, und sie kam von dem Turm zu Hali. Ihre Aufgabe war, die Dorfkinder zwischen zehn und sechzehn Jahren auf die telepathischen Gaben des *Laran* zu testen.

Ganz logisch ... aber unerhört. Niemals hatten die *Leronyn* der Türme ihresgleichen in den Siedlungen des geringen Volkes gesucht. Allgemein hieß es, Comyn-Blut müsse rein und unbefleckt erhalten werden. Aus welchem Grund ließen sie sich so weit herab?

Ich erwartete keine Erklärung, und als ich an die Reihe kam, bot mir die *Leronis* auch keine. Etwa ein Dutzend Kinder war schon weggeschickt worden, und einigen wenigen hatte sie gesagt, sie hätten unwesentliche latente Fähigkeiten. Sie forderte mich auf, mich zu setzen und zu entspannen. Die ganze Sache schien sie etwas zu langweilen.

Sich konzentrierend, enthüllte Melisande behutsam ihren Sternenstein, einen der leuchtenden blauen Kristalle, mit denen man die psionischen Kräfte der Turmleute verstärkt. Sie können auch für die Kommunikation, zur Lokalisierung verlorengegangene Gegenstände oder Personen, für psychokinetische Aufgaben und zum Heilen benutzt werden. Soviel wußte ich von Marguerida, die viele Jahre lang Hebamme für die Altons von Armida gewesen war, bei denen solche Dinge alltäglich sind. Die meisten Leute fürchteten die Sternensteine als Werkzeuge von Zauberern. Ich wußte es besser, aber fürchten tat ich sie trotzdem.

„Blicke in den Stein“, wies sie mich an. „Berühre ihn nicht – sieh ihn nur an und sage mir, was geschieht.“

Ich gehorchte. Ein brennender Schmerz blendete mich, und etwas schien sich zu *winden*. Kleine Lichter im Inneren des Steins schlängelten sich und tanzten, und mein Magen begann, ihre Bewegungen nachzumachen.

„Ich glaube, mir wird schlecht“, stieß ich mit heiserer Stimme hervor und schloß die Augen. Mit einem Ausdruck, aus dem etwas wie Triumph und Überraschung sprach, bedeckte Melisande ihre Matrix, und die Übelkeit verging. Verblüfft dachte ich: *Was hat das zu bedeuten?*

„Ängstige dich nicht so, Kind." Die *Leronis* lächelte freundlich. „Darf ich dir ein paar Fragen stellen?"

Ich nickte. Wieder lächelte sie.

„Bist du kränklich? Bist du oft krank?" Geistesabwesend spielten ihre Finger mit dem Beutel aus Sämischleder, der ihren Sternenstein enthielt.

Ich schüttelte den Kopf. Sie blickte etwas erstaunt drein. „Kein Schwindelgefühl, keine Desorientierung, keine Alpträume?"

Das brachte mir ein paar nicht besonders erfreuliche Erinnerungen aus der Zeit zurück, als ich zwölf war. Monatelang fürchteten meine Eltern, ich werde den Verstand verlieren, denn ich wurde von Kopfschmerzen, Visionen und Stimmen geplagt, für die ich keine Erklärung fand. Glücklicherweise waren sie im Lauf von ein paar Monaten verblaßt, und bis heute hatte ich sie völlig vergessen gehabt.

Ich erzählte es Melisande, die nickte, als verstehe sie. Ohne ein weiteres Wort goß sie eine bestimmte Menge Flüssigkeit aus einer Kristallphiole in ein kleines Glas.

„Trink das", befahl sie.

Ein wenig zögernd roch ich zuerst daran, was mir nichts verriet. Ich trank das Zeug. Die scharfe Flüssigkeit schien auf meiner Zunge zu verdunsten. Ich wartete.

Dawyd MacAran, hörte ich Melisandes ruhige Stimme. Aber sie hatte nicht gesprochen.

Ich starrte die *Leronis* an, zu verängstigt und verwirrt, um zu antworten. Sie lächelte schwach und nickte, und wieder hörte ich ihre Stimme.

Dawyd, du hast Laran. *Ungeschult, unentwickelt, aber mit der richtigen Ausbildung wirst du ein starker Telepath werden.*

Ich bin auf der Suche nach einem mit Laran *begabten Jungen wie dir. Er soll Lord Marius dienen, der auf dem Thron in Thendara sitzt. Weißt du über seinen Sohn Mikhail Bescheid?*

Ich war mir nicht sicher, wie ich es sagen sollte. Gehört hatte ich viel über ihn. Er war als Schwachsinniger, blind, taub und stumm geboren worden.

Melisandes Stimme kehrte zurück, schwer von Traurigkeit. *Das ist wahr. Aber er muß jetzt einen Gefährten bekommen, der für ihn sorgt. Auf diese Weise könntest du Lord Marius dienen.*

Das begriff ich, doch warum ein armer Junge aus den Bergen? Warum kein Comyn-Sohn mit einem Dutzend älterer Brüder, der auf kein anständiges Erbe hoffen konnte, adelig wie er selbst? Sogar der *Nedestro*-Sohn eines Lords wäre eine logischere Wahl gewesen als ich.

Melisande hörte diese Gedanken und beantwortete sie.

Es gibt solche, Dawyd, die eine Stellung dieser Art suchen mögen, um Einfluß, Macht zu gewinnen. Für jeden aus Comyn-Blut ist die Versuchung da. Wir sind keine Heiligen, weißt du. Ich spürte ein Lachen unter dem Gedanken. *Aber Armut und* Laran *waren nicht die einzigen Vorbedingungen. Glaubst du, daß du das einzige begabte Kind bist, das ich auf meinen Reisen gefunden habe?* Sie sah mich halb ernst, halb spöttisch an.

Nach einer Zeit, die mir wie Stunden vorkam, sprach ich zum erstenmal wieder laut. „*Su serva, domna.* Ich gehe mit Euch."

So verließ ich mit Melisande mein Dorf und kam in den Turm zu Hali. Dort lehrte man mich, meine Gabe zu meistern und eine Fertigkeit daraus zu machen. Ich erhielt eine Matrix, als ich gelernt hatte, mit ihr umzugehen, und dann mußte ich schwören, niemals an ihrem Mißbrauch teilzunehmen oder ihn zuzulassen. Als ich mit einer Eskorte auf die Tore von Burg Hastur zuritt, fühlten sich die seidene Schnur und der weiche Beutel aus Sämischleder immer noch fremd an meinem Hals an. Vor wenig mehr als einem

Monat hatte ich noch Lumpen getragen. Jetzt trug ich ein herrschaftliches Gewand.

Ein verschrumpelter Diener erwartete uns am Tor, winkte einem Stalljungen, sich um die Pferde zu kümmern, und nahm den kleinen Sack, der meine wenigen Besitztümer enthielt. Er führte mich durch einen Irrgarten von Korridoren und Treppen in einen großen, herrlich geschmückten Raum. An einem kleinen Tisch saß ein hochgewachsener, schlanker Mann mit scharfen grauen Augen. Sein rotes Haar ergraute an den Schläfen. Auf sein kurzes Nicken hin verschwand der alte Diener, und ich war allein mit Marius Hastur, Herr der Sieben Domänen.

Nach einer Weile sagte er: „Also, ich beiße nicht, Junge. Setz dich." Ich gehorchte.

Er lächelte. „So ist's besser. Du hast einen langen Ritt hinter dir. Bist du müde?"

Ich schüttelte den Kopf und sprach zum erstenmal. „Nein, mein Lord. Der Ritt war nicht anstrengend." Die Angst überwältigte mich, und ich würgte die Worte mühsam hervor.

Marius warf den Kopf in den Nacken und lachte. „Du vermittelst mir das Gefühl, ein Menschenfresser zu sein, junger Dawyd! Bin ich so furchterregend?"

Die Spannung ließ nach, und ich faßte mich. Er mochte der Herr der Domänen und ein Abkömmling der Götter sein, aber von Angesicht zu Angesicht war er ein müde wirkender, freundlicher Mann. „Nein, *vai dom*", antwortete ich und versuchte, sein Lächeln zu erwidern. „Ich bitte um Verzeihung."

„Du hast mich nicht beleidigt, doch das ist unwichtig. Wichtig ist, ob du dir im klaren darüber bist, daß du keine leichte Aufgabe übernommen hast, Kind."

„Das weiß ich, Dom Marius." Für ein hilfloses Kind zu sorgen, mochte anstrengend sein, aber schwierig?

Marius fuhr fort: „Ich möchte nicht, daß du sie leichtnimmst. Was er auch sonst sein mag, Mikhail ist mein einziger Sohn.“ Eine Welt von Schmerzen lag in seiner Stimme. Ich konnte das nicht ertragen.

„Er wird für mich wie mein leiblicher Bruder sein, Lord. Ich schwöre es.“

Marius' Augen schienen bis ins Innerste meiner Seele zu dringen. Er stand abrupt auf und befahl: „Gut - es ist Zeit, daß du Mikhail kennenlernst.“

Lord Marius führte mich in eine schwer zugängliche Suite auf der Ostseite der Burg. Am Fenster saß das schönste Kind, das ich je gesehen hatte. Seine Gesichtshaut war ohne jeden Makel, die Züge fein, das Haar dunkelrot mit kupfernen Glanzlichtern. Doch am meisten erschütterten mich seine Augen. Grau und fast farblos, wirkten sie leer, ohne jeden Ausdruck.

Wir unterschieden uns im Aussehen sehr voneinander. Obwohl er Untergewicht hatte, war Mikhail kräftig gebaut, während ich groß für mein Alter und drahtig war. Meine Augen waren nicht grau, sondern leuchtend blau, mein Haar dunkelbraun mit nur einem Schimmer von dem Rot, das Mikhail im Überfluß besaß. Zwei Menschen konnten sich nicht unähnlicher sein.

Marius legte seinem Sohn eine Hand auf die Schulter. Wie eine Katze fuhr Mikhail herum und - nun, ich glaube, das beste Wort ist, er *stürzte* sich auf Marius' Hand. Erst roch er daran, dann preßte er sie an seine Wange. Das Kind entspannte sich sichtbar. Ich war verblüfft über seine Schnelligkeit. Marius zog sich zurück und bedeutete mir durch eine Geste, seinem Beispiel zu folgen.

Ich zögerte, war unsicher. Marius schien auf etwas zu warten, und schließlich legte ich dem Kind ebenfalls die Hand auf die Schulter.

Wieder die rasche Reaktion - nur entspannte Mikhail sich

nicht so schnell. Statt dessen runzelte er die Stirn und wiederholte seine Bewegungen. Als habe er die Information irgendwo in seinem Gehirn verstaut, ließ er meine Hand los.

Marius lachte. „Und jetzt, so ihr euch ordnungsgemäß vorgestellt worden seid, kann ich wieder gehen. Ruhe dich aus, damit du heute abend frisch genug bist, um mit mir zu speisen. Dann werden wir miteinander reden."

Er ging. Mikhail schien so, wie er war, ganz zufrieden zu sein. Also wanderte ich in das Zimmer, das mir gehören sollte. Mir war unbehaglich zumute. Irgend etwas war an dieser letzten Szene nicht ganz richtig gewesen. Ich wußte nicht genau, was es war, aber etwas war seltsam ...

Halt. Ich erinnerte mich nur an Marius' verschleierten Schmerz, seine besorgte Zurückhaltung - und meine eigene Angst. Wenn man Telepath ist, wird die emotionale Aura um einen Menschen Teil der Erinnerung an ihn, und an Mikhail hatte ich keine wahrgenommen. Keine Furcht, keine Neugier, nicht einmal Langeweile. Nichts.

Das verstand ich nicht. Sogar ein Schwachsinniger mußte Gefühle haben. War es eine Art natürliche Abschirmung, ein unheimlicher Zufall, oder war er wirklich so stark reduziert?

Mit Grübeln ließ sich nichts daran ändern, sagte ich mir. Wenigstens heute abend nicht mehr. Mir blieb etwa eine Stunde, bevor ich mit Lord Marius speisen sollte. Diese Zeit wollte ich nutzen, um zu baden und mich präsentabel zu machen. Wie merkwürdig, dachte ich. So schmutzig und staubig, wie ich war, in meiner von einem langen Ritt mitgenommenen Reisekleidung (besser als alles, was ich vorher je besessen hatte, doch nichts destotrotz mußte sie dringend gewaschen werden) hatte ich die letzte Stunde im Gespräch mit einem König verbracht. Nun, von dem Schmutz konnte ich mich befreien. Das Bad war luxuriös, beinahe dekadent, und auf dem Bett lagen feine Kleider bereit.

Sobald ich mich gesäubert hatte, zog ich sie an und stellte fest, daß sie paßten, wie für mich gemacht. Ein weißes Leinenhemd mit weiten Ärmeln, eine blaue Jacke, deren Farbe zu meinen Augen paßte, und eine braune Hose, die in feine Lederstiefel zu stecken war. Ich sah aus wie ein Prinz. Ich fühlte mich wie ein unwissender Junge vom Lande, der als Prinz verkleidet ist.

Eine alte Kinderfrau kam, um den Abend bei Mikhail zu bleiben, und kurz darauf saß ich an Lord Marius' Tisch. Wir waren nicht in dem riesigen offiziellen Speiseraum, sondern in dem kleinen Zimmer, wo er mich empfangen hatte. Der erste Teil des Abends diente dem Austausch von höflichen Nichtigkeiten. Dann, aus keinem offensichtlichen Grund, verstummten wir beide. Die Spannung wuchs. Schließlich sagte Marius:

„Dawyd, ich sagte schon, du wirst keine leichte Aufgabe haben. Das ist die Wahrheit. Ich glaube nicht, daß dir klar ist, was es bedeutet, für ein Kind zu sorgen, das dir nicht sagen kann, warum es weint oder warum es lacht. Du wirst ihn waschen, ihm zu essen geben, ihn anziehen, und er wird es dir mit nichts entgelten. Und du wirst ihn liebgewinnen, wenn du der Mensch bist, für den ich dich halte, und Mikhail macht es einem schwer, ihn zu lieben. Glaube mir, ich weiß es." Seine Augen waren ernst und traurig. Ich spürte sein Leid, als sei es mein eigenes.

Er sah mich düster an. „Aber ob du ihn liebgewinnst oder nicht, sei freundlich zu ihm. Das ist alles, was ich von dir verlange. Sei freundlich, denn die Götter werden dir tun, was du meinem Sohn tust. Camilla und ich haben ihren Zorn zu spüren bekommen; sie hat seit Mikhail kein lebendes Kind mehr geboren. Vielleicht wird Avarra dies eine am Leben lassen." *Herr des Lichts, höre unsere Gebete.* Die stummen Worte hallten wider, als habe er sie laut ausgesprochen.

Ruhig und fest erwiderte ich: „Ich werde mein Wort halten, *vai dom.*“

Marius lächelte ein bißchen schief. „Ah, ich glaube dir, *Chiyu.* Da hat mein eigenes wundes Gewissen gesprochen. Mein Sohn ist nicht, was die Welt von ihm erwartet, und trotz Macht und Reichtum kann ich ihm wenig geben, nicht einmal Zeit. Ich bin zu selten hier, um viel bei ihm zu sein, und Camilla machen es Kummer und Schuldgefühl unmöglich, für ihn zu sorgen - was ihre Verzweiflung nur steigert. Sie ist von neuem schwanger, und sie hat solche Angst, wieder eine Fehlgeburt zu haben, daß sie kaum aus dem Bett aufsteht. Bald wird sie zu alt sein zum Kinderkriegen, sagt die Hebamme.“ Gedankenverloren nahm Marius einen Schluck Wein. „Mein Neffe Damon ist der designierte Erbe. Der Rat würde Mikhail nie akzeptieren.“ Seine einfachen Worte hingen nackt in der Luft.

Plötzlich merkte ich, wie müde ich war, und schob meinen Wein zur Seite. Es ist nicht höfische Sitte, vor den Augen eines Königs einzuschlafen, auch wenn es ein freundlicher König ist. Marius erhob sich.

„Du bist ein guter Zuhörer gewesen, Dawyd, und jetzt mußt du schlafen. Deine Arbeit beginnt bald.“

So war es, und anfangs war es gar nicht schwierig. Mikhail war passiv, fügsam; es schien ihn wenig zu interessieren, was mit ihm getan wurde, und noch weniger, wer es tat. Ich konnte es so oder so nicht sagen, denn es war keine Spur von einem Rapport zwischen uns. Er besaß eine natürliche Barriere, und ich hätte mangels besserer Kenntnisse nur daran herumzupfuschen vermocht - deshalb ließ ich es.

Wie sich herausstellte, liebte Mikhail es, Dinge zu berühren, die Beschaffenheit ihrer Oberfläche zu spüren. Er konnte stundenlang dasitzen und einen Gegenstand mit seinen Fingern erkunden, als versuche er, seine Bedeutung und seinen Zweck zu ergründen. Das gab mir Rätsel auf.

Was ging in seinem Gehirn vor, soviel davon hinter diesen leeren grauen Augen vorhanden war? Ich machte es zu einem Spiel, gab ihm neue Dinge, die er eifrig entgegennahm und betastete. Ich gab ihm auch vertraute Dinge, die er erstaunlicherweise wiedererkannte. Einmal brachte ich ihm eine *Ryl* und ließ ihn fühlen, wie die Saiten vibrierten, wenn ich verschiedene Akkorde anschlug. Er lernte es sogar, selbst ein paar zu greifen. Nie zeigte er ein Lächeln oder irgendeine Art von Dankbarkeit für diese Geschenke. Trotzdem erkannte ich irgendwie, daß sie ihm Freude machten.

Alles in allem war es eine ruhige, friedliche Existenz. Mir fehlte es an nichts. Ich lebte viel besser als zu Hause. Aber nach einiger Zeit fühlte ich mich eingesperrt; ich sehnte mich nach Gesellschaft. Das Zusammensein mit Mikhail füllte meine Zeit aus, aber oft war es ebenso, als sei ich allein im Zimmer. Wochen vergingen, und meine Frustration wuchs.

Dann begannen die Träume. Sie sind schwer zu beschreiben, denn ich kann mich an ihre Bilder nicht erinnern, geschweige denn, sie in Worte fassen. Sie waren wie Wellen und Wellen starker, wortloser Emotionen - Frustration, Schmerz, Ärger. Quälende Einsamkeit, Bestürzung, Sehnsucht drückten mir die Kehle zu.

Was ging da vor?

Die Gefühle verblaßten des Morgens, und sie blieben mir deutlicher im Gedächtnis als jeder normale Traum. Diese beunruhigenden Erlebnisse machten mich noch nervöser. Ich wurde reizbar und bissig. Einmal hob ich sogar die Hand, um Mikhail, der unabsichtlich einen Glaskrug umgeworfen hatte, zu schlagen. Er wich zurück, als erkenne er meine Absicht.

Das erschreckte mich so, daß ich wieder vernünftig wurde. Anstelle einer Entschuldigung umarmte ich ihn. Ich dachte darüber nach, was dahinterstecken mochte, daß er so instinktiv zurückgewichen war. Gewohnheit vielleicht? Seine Kinderfrauen mochten ihn so behandelt haben; es hätte nie jemand davon erfahren. Was es auch sein mochte, ich würde es nicht tun, und deshalb war es nicht wichtig. Immerhin, so sagte ich mir, mußte ich mir einen freien Tag nehmen, bevor ich zu nervös wurde, um richtig für ihn zu sorgen.

Ich bat eine alte, verläßliche Kinderfrau, tagsüber bei Mikhail zu bleiben. Dann lud ich Felix ein, mich zu begleiten. Er war der Sohn des *Coridom,* ein rauher, freundlicher Bursche etwa in meinem Alter, der angenehme Gesellschaft sein würde. Sorgen machte ich mir nicht, denn ich glaubte wirklich, Mikhail merke gar nicht, wer um ihn sei. Solange ihm die Person vertraut war und gut für seine Bedürfnisse sorgte, war er ruhig und brav. Mit der Zuneigung, die ich für ihn zu empfinden begann, küßte ich ihn auf die Stirn und ging.

Den ganzen Tag war ich unruhig. Als ich abends zurückkehrte, fand ich Gwynnis, die alte Kinderfrau, in beinahe hysterischem Zustand vor.

„So habe ich den Jungen noch nie gesehen! Den ganzen Tag wollte er sich nicht von mir anfassen lassen, wollte nicht essen - saß nur da, still wie eine Maus, und weinte. Gesegnete Cassilda, was hat das Kind?"

Ich war verwirrt. In meiner Anwesenheit hatte er sich nie so benommen. Ich ging in Mikhails Zimmer.

Er saß da und spielte mit einem Stück Schnur. Es gab keinen Hinweis auf die Szene, die Gwynnis beschrieben hatte. Ich sah ihr in das verängstigte Gesicht. Sie log nicht. Irgend etwas war entsetzlich schiefgelaufen.

Ich hob Mikhails Kinn und drückte meine Wange an seine. „Hallo, *Chiyu",* sagte ich, nur für meine eigenen Ohren. Es war mir zur Gewohnheit geworden, um das Schweigen zu brechen.

Mit einer Heftigkeit, die ich noch nie an ihm erlebt hatte, faßte Mikhail meine Hand und führte sie an sein Gesicht. Lange Zeit hielt er sie fest.

Behutsam zog ich sie ihm weg und fragte mich bestürzt: Was hat das zu bedeuten?

In dieser Nacht träumte ich wieder.

Furcht. Verlassenheit. Eine so tiefe Einsamkeit, daß sie sich wie ein endloser Fall anfühlte, tief, tief hinab in einen schwarzen Schlund hohlen Schmerzes. Hilflose Wut fraß sich wie starke Säure durch Verteidigungen. Verzweiflung – hoffnungslos, unaussprechlich, unerträglich.

Voll wach fuhr ich in meinem Bett hoch. Immer noch überwältigten mich die Emotionen, erstickten mich wie dichter Rauch. Blindlings, ohne nachzudenken, stand ich auf und folgte einem unterschwelligen Zug zu der Quelle meiner Qual.

Ich fand mich neben Mikhails Bett kniend wieder. Er war wach, lag still wie eine Statue oder ein Leichnam. Die Augen standen offen, blinzelten nicht. Er schien kaum zu atmen. Die Wellen des Schmerzes waren in seiner Nähe so stark, daß ich fast laut geschrieen hätte. Und ich verstand.

Laran. Welche Art von *Laran* konnte ein Schwachsinniger haben? Warum war mir das nicht eher eingefallen? Die Träume waren nur nachts gekommen. Wußte er, was er tat?

Ein Schwachsinniger konnte es nicht wissen. Eine solche Anhäufung von Zufällen gab es nicht.

Also war Mikhail nicht schwachsinnig. Er hatte versucht zu kommunizieren, in der einzigen Weise, in der einzigen Sprache, die er kannte – in Gefühlen. Er bemühte sich nachts um Kontakt, wenn ich zuhören konnte. Tagsüber zog ich ihn an oder wusch ihn oder gab ihm zu essen, kümmerte mich um ihn, ohne daß es mich wirklich kümmerte, versunken in meine eigenen Gedanken darüber, wie einsam ich war und mit wem ich reden könnte.

Das Kind war seit mehr als zehn Jahren in seiner unvollkommenen Körperhülle gefangen. Ich legte die Arme um seine dünnen Schultern, hielt ihn fest. Ich weinte, und ich glaube, er weinte auch.

„Ich höre dich, Mikhail." Die Worte bedeuteten nichts; der Kontakt öffnete einen hell auflodernden Rapport zwischen uns. Ich fühlte, wie die Verzweiflung durchbrochen wurde von einem freudigen Sehnen, Hinauslangen …

… Verschmelzen …

Ich spürte seine Tränen auf meiner Wange und erkannte, vielleicht durch eine kurz aufblitzende Zukunftsvision, daß dieses Kind in meinen Armen mir mehr bedeuten würde als Vater, Mutter oder Bruder. *„Bredu,* geliebter Bruder", flüsterte ich, an meinen Worten erstickend. Wir hatten keine Messer, um sie zu tauschen. Aber wir hatten die geschliffenen Klingen unseres *Laran,* um die Bande, die ihn fesselten, zu durchschneiden.

Mikhail hatte viel zu lernen.

Dorothy J. Heydt

Durch Feuer und Frost

Through fire and frost

Vom Gebirge herab fegte der Wind durch die scharf duftenden Bäume, über Vater Piedros bloßen Kopf und in seinen Kragen. Merkwürdig, dieser Ostwind mitten im Winter. Der Hellers-Wind, eisig und viel stärker, hätte aus Nordwesten kommen und über seine Schulter blasen sollen. Aber ein kluger Mann verläßt sich nie darauf, daß das Wetter tut, was man von ihm erwartet. Zweifellos würde der Wind in wenigen Stunden wieder drehen.

Unter diesem milden Wind war die Welt voll von Geflüster, dem Rascheln der Bäume, dem leisen Schlurfen der Hufe seines Esels durch die abgefallenen Nadeln mit ihrem dünnen Überzug von Schnee, den gemurmelten Gebeten Vater Piedros. Zweihundert Psalmen in vier Stunden und dann wieder von vorn hielten die schwafelnde untere Hälfte seines Geistes beschäftigt, während seine Seele über die heiligen Mysterien meditierte, die die Welt und alles, was darin ist, zusammenhalten. Als Nebenwirkung hielt ihn das sogar im Schnee von Nevarsin warm.

Er war ein hochaufgeschossener junger Mann mit wirrem schwarzem Haar um die Tonsur. Auf seinen Wangen sah man noch die Narben pubertärer Hautunreinheiten. Die in Sandalen steckenden Füße am Ende seiner langen Beine erreichten fast den Boden unter den Flanken des Esels. Er hatte soeben sein zwanzigstes Jahr vollendet, war kürzlich zum Vater der *Cristoferos* geweiht worden, und der Vater Meister hatte ihm die Erlaubnis gegeben, das Mittwinter-Fest mit seiner Familie in der Welt zu feiern. Sein Magen war noch voll vom Gewürzbrot seiner Tante, und Bündel des heilenden Dornblattes aus ihrem Garten bauchten seine Satteltaschen.

Der Esel hob seinen grauen Kopf und stieß einen leisen Schrei aus, fast ein Wimmern. Vater Piedro wandte seine Aufmerksamkeit wieder irdischen Dingen zu. „Du riechst etwas, kleiner Bruder? Ich auch." Der Geruch wurde stärker, als der Wind nachließ: harzhaltiger Rauch. Irgendwo hatte der Wald gebrannt oder brannte noch immer. Es war ein trockener Winter gewesen.

Bei einem Waldbrand mußte jeder gesunde Mann, auch wenn er ein Mönch war, sich den Löschtrupps anschließen. Aber wo war das Feuer? Er wußte nicht, ob er darum beten sollte, es zu finden, damit er helfen konnte, die tödliche Bedrohung zu beseitigen, oder darum, es zu verfehlen, um ohne Aufenthalt nach Nevarsin weiterreiten zu können.

Cormacs Feuerwache lag vor ihm. Schon waren die paar moosbewachsenen Dächer durch die Bäume zu erkennen. Dort wollte er Alarm geben - aber das war bestimmt längst geschehen. Den Bergbewohnern war es nicht zuzutrauen, daß sie weiterschliefen, wenn Rauch durch die Bäume trieb. Trotzdem schlug er dem Esel auf den eckigen Hintern und drängte das kleine Tier zu einem zögernden Halbtrab.

Es waren keine Menschen auf dem Weg zwischen dem halben Dutzend einfacher Hütten der Siedlung, keine Frauen, um Wasser von der Quelle zu holen, die aus dem Fels tröpfelte und dann tausend Fuß tief ins Tal fiel, nicht einmal Kinder, die sonst, wenn die Neugier stärker als die Schüchternheit wurde, gekommen wären, sich den Fremden anzusehen. Die Männer mochten alle am Brandherd sein, aber wo waren die anderen? Herrschte Krankheit an diesem Ort? Vater Piedro ließ einen Fuß um eine Handbreit bis zum Boden sinken und schwang das andere Bein über den Kopf des Esels. Der Esel machte noch ein paar Schritte, bis er merkte, daß sein Reiter abgestiegen und es Zeit zum Anhalten war. Vater Piedro beugte den Kopf und spähte in die nächste Hütte. Sie war leer. Sein Fuß stieß gegen einen hölzernen Becher, der auf der Schwelle liegengelassen worden war; er klapperte über den Boden. *Krankheit,* dachte er, *oder aber sie hatten Angst, das Feuer könne diesen Weg nehmen, und dann ist es abgeschwenkt.* Er blickte in eine zweite Hütte. Auch leer. Er schob die Tür einer dritten auf. Die ledernen Angeln knirschten. Eine Stimme rief von drinnen: „Mikhail?" Es war die Stimme einer Frau, schrill vor Furcht oder Zorn. Er öffnete die Tür weiter und trat ein.

Die Frau lag auf einer mit Tannennadeln gestopften Matratze neben der Feuerstelle, über sich eine geflickte Steppdecke. Die Steppdecke war mit Blut befleckt, aber die Frau schien gesund zu sein, obwohl ihr Gesicht gegen das dunkle Haar sehr weiß wirkte. Sie hatte sich auf einem Ellenbogen aufgerichtet und versuchte, sein Gesicht zu erkennen, das durch den hellen Wintersonnenschein hinter ihm undeutlich war. Er kniete neben ihr nieder, und sie ließ sich auf die Matratze zurücksinken. „Ihr seid nicht - Verzeihung, Vater. Einen Augenblick lang glaubte ich, Ihr wäret mein Mann."

„Ich bin Vater Piedro. Geht es Euch gut, meine Tochter? Wo sind die anderen?"

„Ich bin Catriona. Die Männer sind am Brandherd. Mhari und die anderen, sie sind gestern gegangen. Das Feuer kam. Aber dann kam es doch nicht."

„Sie haben Euch hier *zurückgelassen?"*

„Ich lag in den Wehen, ich konnte nicht weg." Ihre Augen schlossen sich kurz. „Es tat so weh. Ich konnte nicht gehen, ich konnte nicht einmal stehen. Ich *befahl* ihnen, mich zu verlassen, sonst wären sie alle mit mir gestorben. Aber das Feuer kam nicht, und in der Nacht bekam ich mein Kind." Sie zog die Decke ein Stück zur Seite, und Vater Piedro sah das wirre dunkle Haar und das flache Gesicht eines Neugeborenen. „Ist sie nicht süß?"

„Süß", stimmte er zu. Für ihn sah das Baby genauso aus wie der neugeborene Sohn seiner Schwester und so häßlich wie ein halbertrunkenes Schlammkaninchen. Doch jedes Kind war in den Augen seiner Mutter schön. Er versuchte sich an das bißchen zu erinnern, was er über die Pflege von Wöchnerinnen und Säuglingen wußte. Die Väter Heiler unterrichteten nicht in der Hebammenkunst. „Habt Ihr die Nabelschnur abgebunden und durchgeschnitten?"

„Ja, und ich habe die Nachgeburt im Feuer verbrannt. Und dann sind wir einfach im Bett geblieben. Ihr Name ist Alanna. Mein Mann ..." Sie brach ab, riß die Augen auf, und draußen auf der Straße schrie der Esel. Piedro stand auf, wobei er mit dem Kopf die Unterseite des Strohdachs streifte. Rauchgeruch stieg ihnen in die Nase. Der Wind hatte sich gedreht.

„Dieser Ostwind wurde aus Erbarmen gesandt", sagte er, „damit Ihr Euer Kind lebendig zur Welt bringen konntet. Jetzt nimmt das Feuer wieder diese Richtung, und wir müssen schnell weg. Könnt Ihr aufstehen?"

„Ja, ich bin heute morgen aufgestanden und habe sauberes Leinen geholt." Sie erhob sich auf die Knie. „Jetzt brauche ich wieder welches. Alanna ist naß, oder schlimmer." Sie faßte nach einem kleinen Stapel zusammengefalteter Tücher: Die Windeln des Kindchens waren sorgsam aus jedem abgetragenen Stück Stoff zusammengesucht worden, das sie in der Siedlung hatte auftreiben können. „Aber ich glaube nicht, daß ich weit laufen kann."

„Das braucht Ihr nicht. Ihr werdet auf meinem Esel reiten." Er wandte sich halb ab, als sie das Körperchen des

Babys geschickt säuberte und ihm eine neue Windel anlegte. Es schickte sich eigentlich nicht für ihn, da zuzusehen, und doch hätte er immer schon gern gewußt, wie die Dinger befestigt wurden.

Er sah sich in der Hütte um, ob irgendein Gegenstand es wert war, gerettet zu werden, aber Catrionas Verwandte hatten schon alles ausgeräumt. Auf dem Herd stand ein Stück von einem Haferkuchen und eine Lederflasche mit saurem Bier. Er nahm beides an sich. Sie mochten es brauchen, bevor sie die nächste Siedlung erreichten.

„Habt Ihr warme Kleidung für das Baby? Einen Pelzsack? Wir müssen durch den Schnee zum Maclidan-Wachtturm. Ja, und gebt mir den Rest der Windeln. Nein, nicht die schmutzigen, nicht in meine Satteltaschen, die voll von Heilkräutern sind. Ihr nehmt besser meinen Arm." Er hob sie auf die Füße und führte sie aus der Hütte auf die Straße.

Der Geruch nach brennenden Harzbäumen war jetzt stark. Der Esel stand zitternd auf der Mitte der Straße. Er hatte die Ohren zurückgelegt, zeigte das Weiße seiner Augen und war kurz davor durchzugehen. „Schon gut, kleiner Bruder. Wir machen, daß wir hier wegkommen." Vater Piedro stopfte die Windeln in die Satteltaschen und half Catriona, den Fuß in den Steigbügel zu stellen.

Hinauf kam sie ganz leicht, aber sofort hob sie sich mit entsetztem Gesichtsausdruck in den Steigbügeln. „Au! Vater, es tut weh, wenn ich mich setze."

„Dann setzt Euch auf eine Hüfte", sagte er fest und spürte, wie ihm das Blut ins Gesicht stieg. So wenig er auch über die Mechanik des Kinderkriegens wußte, er glaubte gern, daß die unteren Körperpartien der Frau empfindlich waren, aber sie konnte nicht hierbleiben, um sich zu erholen. „Schwingt Euer anderes Bein hinüber und reitet im Damensitz wie eine *Com'ynara.* So ist's richtig." Er kehrte zu der Hütte zurück, um das Kind zu holen, das sicher in einem Lederbeutel mit einer kleinen Kapuze für das Gesichtchen steckte. Der Pelz um die Öffnung war schäbig und das Leder abgenutzt. Alanna mochte das zehnte oder das fünfzigste Kind der kleinen Siedlung sein, für das der Beutel Verwendung fand. Als er sie aufnahm, öffnete sie die Augen. Sie waren von einem seltsamen Blaugrün wie die seines kleinen Neffen, aber dunkler: die Farbe der Gewitterwolken oder vielleicht des Meeres, das keiner von ihnen je gesehen hatte. Alanna sah ihn nicht direkt an, und doch hatten ihre Augen eine verheerende Wirkung. Vater Piedro wurde sich plötzlich bewußt, daß er sich in der Gegenwart einer wirklichen Person befand, nicht nur einer Art Ei mit Beinen, sondern eines Wesens, das kraft eigenen Rechts ein Mensch war, wenn auch klein genug, daß er es in den Armen halten konnte.

„Hallo", sagte er leise. Das kleine Mädchen blickte an seiner Nase vorbei auf irgend etwas. „Hallo, Alanna." Sie nieste. Es war ein Laut, wie ihn eine aufgebrachte Maus hätte von sich geben können. Er lachte und trug sie aus der Hütte.

Catriona war es gelungen, sich relativ bequem auf dem Rücken des Esels zurechtzusetzen. Sie hatte ihre zusammengelegte Steppdecke unter sich und war in einen schweren Mantel gehüllt. Vater Piedro legte ihr das Baby in die Arme.

„Da bist du ja, mein Kleines." Sie rieb ihre Nase an dem Knopfnäschen des Kindes und gab ein törichtes Geräusch von sich wie eine betrunkene Taube. Alanna gluckste. (Piedro kam sich vor wie ein zurückgewiesener Freier.) „Ist sie nicht süß?" fragte Catriona zum zweitenmal."

„Sie ist wunderschön." Diesmal meinte er es ehrlich. „In zwölf oder dreizehn Jahren werdet Ihr die Burschen mit Keulen vertreiben müssen." *Was ist das für ein Gerede bei einem Priester,* dachte er. Er nahm die Zügel des Esels und führte ihn die Straße hinauf. Es war ganz unnötig, das Tier anzutreiben.

Piedro versuchte auszurechnen, wieviel Zeit ihnen blieb. Jetzt, wo der Wind wieder aus Nordwesten wehte, würde das Feuer sich geradenwegs den Hang hochfressen, bis es die Baumgrenze erreichte und mangels Brennstoff starb. Wie lange das dauerte, hing nicht nur von der Geschwindigkeit des Feuers ab, sondern auch von der Stelle unten am Berg, wo es seinen Ausgang genommen hatte. Er hatte geplant, das Obdach an der Baumgrenze bei Dunkelwerden zu erreichen. Im Trab hätte er es in zwei oder drei Stunden schaffen können, jedoch nicht im Schritt. Nicht etwa, daß sie den ganzen Weg bergauf hätten galoppieren können. Aber andererseits hatte der Esel an Catriona und Alanna zusammen nicht so schwer zu tragen wie an ihm. Einigermaßen frustriert erkannte Vater Piedro, daß es keine Möglichkeit gab, im voraus festzustellen, ob sie dem Feuer entrinnen würden oder nicht.

Und deshalb war es eindeutig nicht sein Problem. Es war eine Sache für den Heiligen Cristofero, den Lastenträger, oder den Erzengel Raphael, der sich hilfloser Kinder annahm. *Denn er hat seinen Engeln befohlen über dir, daß sie dich behüten auf allen deinen Wegen, daß sie dich auf den Händen tragen und du deinen Fuß nicht an einen Stein stoßest … daß dich des Tages die Sonne nicht steche noch die Monde des Nachts.* Alles, was Piedro zu tun hatte, war, auf sie zu vertrauen und den Esel in Gang zu halten. Er machte etwas längere Schritte. Bald sang er wieder. Sein unteres Bewußtsein wanderte eifrig von einem Psalm zum nächsten, sein oberes Bewußsein meditierte über die heiligen Erzengel. Irgendein Teil dazwischen hielt ihn auf der Straße.

Die Bäume standen jetzt lichter, der Schnee unter den Füßen wurde tiefer. Einen Bogenschuß weiter hörten die Bäume vor einem Haufen schneebedeckten Gerölls am Fuß eines kleinen, schmutzig wirkenden Gletschers ganz auf. „Lobet, ihr Knechte des Herrn, lobet den Namen des Herrn!

Gelobet sei des Herrn Name von nun an bis in Ewigkeit! Vom Aufgang der Sonne bis zu ihrem Niedergang sei gelobet ..." Piedro schrak aus seinen Meditationen auf und brach mitten im Psalm ab. Er sah, daß sie schon fast an der Baumgrenze und sicher vor dem Feuer waren. Aber er hörte auch ein Knistern nicht allzu weit hinter sich. Etwas krachte durch die Bäume: ein Tier? Nein, es war über seinem Kopf und brach Zweige wie ein unmöglich großer Vogel – und dann riß er an den Zügeln des Esels, schrie: „Festhalten!" und zerrte das verängstigte Tier vom Weg hinunter, wieder in den Wald hinein, fünf Fuß, zehn Fuß weiter. Über ihnen fiel ein großer Baum, ein Urgroßvater aller Bäume, tot an den Wurzeln und morsch im Stamm, und er knickte bei seinem Sturz Äste ab. Flämmchen sprangen rings um ihn in die Höhe. Piedro schlug sich durch die Bäume, zerrte den Esel hinter sich her. Er war sich des Weges nicht sicher, hoffte jedoch, daß es bergauf in ungefährdetes Gelände ging. Das Licht vor ihm wurde stärker, und einen Augenblick lang fürchtete er, sie seien von Flammen umgeben. Doch er stolperte ins Freie. Das Feuer, dessen Schein das Schneefeld reflektierte, blieb hinter ihm.

„Seid Ihr in Ordnung, meine Tochter? Wie geht es dem Baby?" *Tochter,* dachte er wild. *Sie ist älter als ich!*

„Uns geht es gut, Vater. Alanna, könnt Ihr es glauben, schläft immer noch."

Piedro blickte über seine Schulter. Das Flackern des Waldbrandes mischte sich mit dem Gleißen der untergehenden Sonne. Die Bäume hinter ihnen gingen in Flammen auf, aber ihnen war die Flucht geglückt. Ein Hornbock flüchtete mit angesengtem Fell aus dem Wald. Er scheute vor ihnen und sprang quer über den Fuß des Gletschers weg. Und Schnee begann zu fallen.

Zuerst ein paar Flocken, die in den Aufwinden des Feuers wie verrückt herumwirbelten, bis seine Wärme sie zu

Regentropfen schmolz, die zischend niederfielen. Aber am Himmel wälzte sich eine dunkle Wolke, und schon wurde der Schnee dichter und schwerer. Halbgeschmolzene Flocken klumpten zusammen und trafen den weißen Boden mit hörbarem *Plumps.* Es war eher Matsch als Schnee, naß und schmutzig von Rauch und Asche. Das Feuer rückte langsamer vor, kam zum Stehen. Die brennenden Zweige an den nächsten Bäumen wurden einer nach dem anderen ausgelöscht. Das Brüllen der Flammen erstarb. Auf dem Berghang wurde es still bis auf das schwache Hämmern des fallenden Matschs.

„Dank sei dir, Heiliger Raphael", sagte Piedro. „Der größte Teil ist nicht tot und wird im Frühling nachwachsen."

„Vielleicht haben sie einen *Laranzu* gefunden, der den Schnee gerufen hat", meinte Catriona.

„Mag sein." Piedro lag nichts daran, über die Größenordnung der Kräfte von Menschen und Engeln zu diskutieren. „Wenn ja, versteht er sein Handwerk. Seht nur, wie es herunterkommt! Wir schaffen es heute abend nicht mehr über den Felsgrat zum Maclidan-Wachtturm; wir müssen Unterschlupf in der Höhle suchen." Er führte den Esel über das schneebedeckte Geröll an die steile Böschung, die den Beginn des Passes markierte. Hier hatten vor undenklichen Zeiten starke Männer drei Felstafeln so aufgebaut, daß sie eine Zuflucht boten: ein Dach und zwei Wände vor dem Felshang. Es war darin kaum Platz für sie alle mitsamt dem Esel. Wie Piedro gehofft hatte, waren die Zweige noch da, die frühere Reisende abgeschnitten hatten, um darauf zu schlafen, trocken jetzt, aber besser als Schnee oder Fels. Er machte es Alanna mit ihrem Ledersack in einem Bett aus Tannennadeln bequem und half Catriona beim Absteigen. Sie glitt auf die Knie und kroch neben ihre Tochter. Alanna begann zu wimmern. Catriona öffnete ihre Jacke und legte sie an die Brust. Piedro nahm die Steppdecke vom Sattel und breitete sie über sie.

„Schlaft noch nicht ein“, sagte er. Er tastete in der Dunkelheit nach dem Sattelgurt. „Wenn mein kleiner Bruder tut, was er geheißen wird, mache ich euch ein schönes warmes Kissen.“ Er überredete den Esel, sich niederzuknien, und lehnte Catriona, die Alanna im Arm hielt, gegen seine Flanke. Eine der Satteltaschen enthielt ein Beutelchen mit Korn für den Esel. Piedro schüttete es ihm unter die Nase. In der anderen Tasche waren Catrionas Brot und Bier und – er grub tiefer unter dem süßduftenden Dornblatt – ein Paket mit Honigkuchen seiner Tante Adriana. Er fand sie mit dem Geruchs- und dem Tastsinn; die Sonne war jetzt untergegangen, und es war beinahe vollkommen finster. „Liriel ist heute nacht fast voll“, bemerkte er. „Wenn sie über den Bergen aufgeht, wird sie uns ein bißchen Licht spenden. In der Zwischenzeit können wir essen.“ Er setzte sich neben Catriona, teilte das Hafergebäck und einen der Honigkuchen und stellte die Flasche zwischen sich und ihr auf die Erde.

„Ein Feuer anzuzünden ist wohl nicht möglich?“

„Ich fürchte, nein“, antwortete er. „Es ist nichts zum Brennen da als die Streu, und die möchte ich lieber zwischen uns und dem Stein haben. Sie würde auch schnell verbraucht sein. Wir werden uns aneinanderkuscheln wie drei kleine Esel und uns auf diese Weise warmhalten.“

Eine Weile saßen sie so zusammen, und es war nichts zu hören als leise Kaugeräusche – der Esel verzehrte seine Haferkörner und die beiden Erwachsenen den kaum weicheren Haferkuchen – und dem leisen Schmatzen, mit dem Alanna ihr Abendessen zu sich nahm.

„Hmmm“, kam es undeutlich von Catriona, die den Mund voll hatte. In der Luft hing der Duft des Honigkuchens. „Das ist nicht in einem Kloster gebacken worden.“

„Nein, ich habe es von zu Hause mitgebracht“, erzählte Piedro. „Meine Tante Adriana hat eine große Begabung.

Ihre Küche ist das einzige in der Welt, das mir in St. Valentin wirklich fehlt."

„Ehrlich?" fragte Catriona erstaunt. „Ich hätte gedacht – na ja." Offenkundig hatte sie sich entschlossen, nicht auszusprechen, was ihr auf der Zunge gelegen hatte. „Warum habt Ihr dem heiligen Raphael gedankt? Hilft er bei Feuersnot?"

„Er ist der Schutzpatron der Kinder", erklärte Piedro. „Im Buch der Bürden wird berichtet, daß einmal, als Pestilenz in den Trockenstädten herrschte, der heilige Raphael menschliche Gestalt annahm und auszog, zwei Kinder namens Tobias und Sara zu retten, die als Waisen zurückgeblieben waren. Sie sollten als Sklaven verkauft werden. Die Trockenstädter sahen den Engel als schönen jungen Mann und gedachten, ihn zu einem bösen Zweck zu verkaufen. Aber als sie ihn in den Pferch warfen, nahm er die beiden Kinder in die Arme, ging ungesehen durch die Menschenmenge davon und ließ die Tore verschlossen hinter sich. Er brachte die Kinder in die Berge, entdeckte eine noch nicht beglichene Zahlung, die Tobias' Vater zustand, um sie zu versorgen, fand Pflegeeltern für sie und verschwand. Und als die Kinder erwachsen waren, heirateten sie einander."

Catriona antwortete nicht. Jetzt drang ein bißchen Mondschein in das Obdach, gefiltert von den fallenden Schneeflocken. Er sah, daß sie eingeschlafen war, an die warme Flanke des Esels geschmiegt, Alanna, ebenfalls schlafend, in den Armen. Vorsichtig, ohne sie zu berühren, zog er die Jacke über ihrer Brust zusammen. Er stopfte die Steppdecke um sie gut fest und setzte sich zurecht, um dem Schneefall zuzusehen. Besser war es, wenn er selbst nicht schlief. Er kehrte zu den Psalmen zurück.

Aber er konnte seine Gedanken nicht auf die Gebete konzentrieren. Immer wieder sah er zu Alanna hin, die bewegungslos in den Armen ihrer Mutter lag. Vater Colin hatte ihn alles gelehrt, was er wußte, alles, was ein Mann ohne

Laran lernen kann, aber fast nichts über kleine Kinder. Er erinnerte sich vage, einmal gehört zu haben, daß sie manchmal ohne Warnung starben, einfach aufhörten zu atmen. Catriona schnarchte leise, doch von Alanna hörte er keinen Laut. Er berührte ihre Wange mit der Fingerspitze; sie war kalt. *Natürlich ist sie kalt,* sagte er vernünftig zu sich selbst, *da draußen schneit es, und hier drinnen liegt die Temperatur nicht weit über dem Gefrierpunkt.* Trotzdem beugte er sich beinahe in Panik über sie und hielt ein Ohr dicht an Alannas Gesichtchen, bis er die schwachen Geräusche ihres Atmens hörte. Zitternd vor Erleichterung lehnte er sich wieder zurück und schalt sich einen Narren.

Er wußte eigentlich gar nichts über Kinder, kleine Kinder. Jungen kamen wie er im Alter von zehn Jahren nach St. Valentin, wenn sie schon fast vernünftige Wesen waren. Seine Brüder und Schwestern waren auch einmal so winzig wie Alanna gewesen, aber er hatte ihnen keine Aufmerksamkeit gezollt, ebensowenig wie seinem neugeborenen Neffen. Offensichtlich war ihm da etwas entgangen.

Er neigte sich an der knochigen Flanke des Esels zur Seite und spähte über Catrionas Schulter. Alannas festgeschlossene Augenlider hätten aus durchscheinendem Wachs geschnitzt sein können, jedes mit einem zarten Strich des Messers. Ihr Mund war geformt wie der Bogen eines Jägers, ein straff gespannter Bogen für einen Jäger von Daumengröße. Ihre zarte Unterlippe zuckte, als träume sie vom Nuckeln. So sehr klein. Ein Händchen lag in ihrem Gesicht; die Fingerspitzen waren in der Öffnung der Kapuze sichtbar, und die Nägel schimmerten wie rosa Blütenblätter. *Ich hätte solche kleinen Finger niemals erfinden können,* dachte er, *und wenn ich es zehntausend Jahre lang versucht hätte. Nur ein Gott ist fähig, etwas so Vollkommenes zu schaffen.*

Dann verzog sich ihr Gesicht, und ihr Mund öffnete sich zu einem dünnen, kratzigen Jammern wie von einem entrüsteten Kätzchen oder einem sehr fernen Banshee. Sie hatte gerade erst zu trinken bekommen, deshalb verstand er es nicht. Vielleicht hatte Catriona noch nicht genug Milch? Eine Ziege hatte erst drei Tage nach dem Werfen richtig Milch, aber das Zicklein brauchte bis dahin keine. Falls Alanna mehr brauchte, als ihre Mutter ihr zur Zeit geben konnte, hatte er keine Ahnung, was zu tun war. War sie fähig, geschmolzenen Schnee zu trinken? Ihr schwaches Weinen machte es schwer vorstellbar.

„Wenn es schreit", sagte die Stimme einer Frau in seinem Gedächtnis, „fütterst du es." Die Stimme seiner Mutter, dachte er, oder vielleicht auch die Tante Adrianas. „Wenn es nicht hungrig ist, läßt du es ein Bäuerchen machen. Wenn es naß ist, wechselst du die Windel. Viel mehr braucht es nicht."

Er nahm sie hoch und hielt sie aufrecht gegen seine Schulter. Sie holte Atem und schrie von neuem. Er klopfte ihr unbeholfen den Rücken, nicht sicher, wo der Ledersack endete und Alanna begann. „Ich glaube, ich verstehe dich", sagte er. „Sie sind in der Satteltasche, und wenn es dir nichts ausmacht, nach Dornblatt zu riechen, und ich kann mir nicht vorstellen, warum es dir etwas ausmachen sollte ..." Er legte sie wieder hin. Sie stieß auf, funkelte ihn an und schrie weiter. Catriona mußte von der Geburt in der vorigen Nacht völlig erschöpft sein, daß sie so tief schlief. Piedro nahm eine saubere Windel aus der Satteltasche. Sie hatte Schnüre, mit denen sie an den Seiten zugebunden werden konnte, was ganz einfach zu sein schien.

Der Ledersack war vorn mit einem halben Dutzend Knochenknöpfen geschlossen. Piedro öffnete sie und holte zwei Handvoll warmes, feuchtes Baby heraus. Alanna wand sich und zappelte in seinen Händen. Der Kopf fiel ihr auf die Brust, und Piedro legte sie schnell auf den Rand der Steppdecke.

Der Saum ihres wollenen langen Kleidchens war mit einer Kordel zusammengezogen, so daß ihre Füße in einem zweiten Beutel steckten. Die Kordel war naß, und es war schwierig, sie loszubinden. Die Windel unter dem Kleidchen war durchgeweicht, und ihre Schnüre ließen sich noch schwerer lösen. Es müßte eine einfachere Methode geben, diese Dinger zu befestigen, dachte er, während er zupfte und Alanna sich beschwerte. Die Windel würde fast immer naß sein, wenn es Zeit war, sie loszubinden. Vielleicht sollten Windeln Knöpfe haben wie der Sack. Danach wollte er Catriona fragen, wenn sie aufwachte. Der Knoten löste sich, und Piedro warf die nasse Windel nach draußen, um sie steif frieren zu lassen. Später mochte er eine Möglichkeit finden, sie zu trocknen, aber in nassem Zustand würde er sie nicht in die Satteltasche stecken, wenn es sich irgend umgehen ließ. Er hoffte immer noch, Vater Colin das Dornblatt in verwendbarem Zustand bringen zu können. Dann wandte er sich wieder Alanna zu und entdeckte, daß es stimmte, was er gehört hatte. Kleine Mädchen waren anders gebaut als kleine Jungen. Wie klug, wie einfach: eine glatte Form wie eine Mandelschale, mehr nicht. Einer der genialen Entwürfe der Natur, obwohl Alanna irgendwann einmal Schwierigkeiten haben würde, im Schnee Wasser zu lassen. Er schob die saubere Windel unter ihr Hinterteil und band sie ihr um die Taille fest.

Niemals Hand an eine unwillige Frau zu legen, erinnerte ihn der untere Teil seines Bewußtseins nervös. *Niemals ein Kind oder ein Mädchen, das Jungfräulichkeit gelobt hat, mit Begierde anzusehen.*

Halt den Mund, befahl er. *Hier wird weder Alannas Schicklichkeitsgefühl verletzt noch das meine.* Er band das Kleidchen um ihre Füße fest. Es war inzwischen kalt geworden, und das Kind fing wieder an zu wimmern. *Wenn Alannas Vater da wäre, würde er ihr die Windeln wechseln, oder etwa nicht?*

„Komm, Kind. Deine Füße werden gleich warm sein." Er lockerte seine Jacke und schob sie hinein. Mit ihrem geringen Gewicht auf der Brust, ihr Kopf unter seinem Kinn, lehnte er sich wieder zurück und dachte über Mikhail nach, einen Waldhüter auf Cormacs Feuerwache. War der Mann sich bewußt, wie gesegnet er war? Nein, natürlich nicht, er war schon vor Alannas Geburt zur Brandbekämpfung weggegangen. Piedro hoffte, es ging ihm gut. Vielleicht war er am Maclidan-Wachtturm, wenn sie dort ankamen. Wie würde er sich freuen! Natürlich waren Söhne für einen Mann in der Welt wichtiger, aber sicher konnte kein Mann umhin, eine so vollkommene kleine Tochter zu lieben.

Der Esel drehte seinen Kopf und schrie, nicht allzu laut, aber Alanna zuckte, als sei sie geschlagen worden. „Still, kleiner Bruder." Piedro streckte die freie Hand aus, kratzte das Tier hinter den Ohren und tätschelte seine samtige Nase. Er schlang die Arme um das Bündelchen in seiner Jacke und seufzte. *Ich gebe das Urbild eines Trottels ab,* dachte er. *Eben erst ist mir das Recht gewährt worden, mich „Vater" nennen zu lassen, eben weil ich unter anderem gelobt habe, niemals Kinder zu haben. Und seht mich jetzt an.*

Nicht etwa, daß er sich nach physischer Vaterschaft sehnte. Jedenfalls glaubte er, es nicht zu tun. Bestimmt scheute seine Phantasie vor dem Gedanken zurück, Alanna auf Catrionas geheimnisvollem Körper zu zeugen. Und ein in der Welt lebender Mann mußte seine meiste Zeit damit verbringen, auf dem Feld oder im Wald zu arbeiten, nicht damit, daß er zu Hause Kinder hütete; das war Aufgabe seiner Frau. Und doch, und doch – alle heiligen Arbeiten des Klosters, Gebet und Musik und Lesen und Geschichtsforschung und sogar der Unterricht der Novizen kamen ihm in dieser Nacht mit dem Kindchen in seinen Armen schal und langweilig vor. *Frieden, Schwätzer,* mahnte er sich. *Morgen früh wirst du dich wieder wie du selbst fühlen.* Er sang an der

Stelle weiter, wo er aufgehört hatte. „... der den Geringen aufrichtet aus dem Staube und erhöht den Armen aus dem Kot, daß er ihn setze neben die Fürsten, neben die Fürsten seines Volks." Allein die Geduld, zehn Jahre lang von Vater Gabriel aufgebracht, hatte aus ihm einen passablen Sänger gemacht, aber Alanna schien es zu gefallen. Vielleicht kitzelten die tiefen Töne. „... der die Unfruchtbare im Hause wohnen macht, daß sie eine fröhliche Kindermutter wird."

„Vater, ich habe Durst."

Er blickte auf Catriona nieder. Die Lederflasche lag leer zwischen ihnen. „Hier, nehmt das Baby. Ich werde Euch Schnee holen." Er legte ihr Alanna in die Arme, stopfte die Steppdecke um beide fest und ging hinaus.

Ein steifer Wind blies, aber der Schneefall hatte beinahe aufgehört. Die Wolken zogen sich am Himmel zurück und gaben Liriels leuchtende Scheibe sowie die matt und gelb am Horizont stehende Mormallor frei. Piedro schaufelte zwei Händevoll sauberen Schnee auf und trug ihn hinein. Catriona, die in den Bergen aufgewachsen war, wußte, daß man ihn in kleinen Schlucken zu sich nehmen mußte, damit er einem die Kehle nicht einfror.

„Ich danke Euch", sagte sie. „Vater, Ihr singt sehr schön, aber von wem handelt Euer Gesang? Ist es dem Lastenträger ein Anliegen, uns mit Mengen von eigenen kleinen Lasten zu versorgen?"

Er lachte. „Ich bin mir nicht sicher. Viele der alten Psalmen nennen keine Namen. Mag sein, daß es wieder der heilige Erzengel Raphael ist, der für die Kinder sorgt, indem er ihnen Mütter gibt."

„Jedenfalls war ich keine unfruchtbare Frau. Ich habe schon vier andere Kinder geboren, und zwei von ihnen leben noch."

„Ich bezweifele, daß der heilige Poet speziell Euch im Sinn hatte." Er ließ sich wieder neben ihr nieder.

„Dieser Psalm geht bis auf den Anbeginn der Zeit zurück."

„Vater, habt Ihr Euch nie gewünscht, verheiratet zu sein?"

Er sah sie erstaunt an. „Tochter, seid Ihr jemals auf *Laran* getestet worden?"

„Natürlich nicht, ich bin kein *Comyn*-Bastard. Quält es Euch nicht, daß Ihr nie bei einer Frau liegen dürft?"

„Eigentlich nicht." Vor Schreck antwortete er ganz offen. „Schließlich habe ich es nie getan. Es heißt, die Aufsässigkeit des Fleisches sterbe erst eine halbe Stunde vor uns - oder vielleicht auch eine halbe Stunde später. Es ist jedoch schwer, sich mit Fleisch, das zu neun Zehnteln gefroren ist, aufsässig zu fühlen, und zu dem Zeitpunkt, wo der Novize soweit geformt ist, daß er nicht mehr friert, ist das Fleisch gezähmt und rebelliert nicht mehr sehr."

„Und Ihr wünscht Euch nie, Ihr wäret zu Hause bei Eurer Familie geblieben?"

Er sah ins Freie hinaus, wo der stärker werdende Mondschein wie frische Milch auf dem Schnee leuchtete. „Wir sollten uns lieber aufmachen. Der Wind kommt von Westen, und wenn wir hierbleiben, werden wir erfrieren. Aber er hat den Schnee weggeblasen, und wir können uns auf den Felsgrat wagen." Er ließ den Esel aufstehen und sattelte ihn, während Catriona Alannas Sack zuknöpfte und die Steppdecke zusammenfaltete. Piedro belud den Esel und führte ihn in flottem Tempo aus dem Obdach und den Weg hinauf. Der Wind fauchte tatsächlich kalt und schneidend aus Westen heran. Doch alles war besser, als in der Höhle zu bleiben und dies Gespräch fortzusetzen.

Der enge Pfad wand sich zwischen Felswänden hin und bestand im Grunde nur aus gelegentlichen Rissen in der scheinbar geschlossenen Wand des Berges. Hier war es dunkel, der Mondschein erreichte den Boden der Schluchten nie, aber sie waren vor dem Wind geschützt. Als sie allerdings auf den offenen Hang kamen, über den sich der lange Weg zum Maclidan-Wachtturm hinunterwand, packte der Wind sie wie die Faust eines Riesen. Er hatte nach Nordwesten gedreht. Das war der echte Hellers-Wind mit Schnee im Atem, und der Pfad würde entweder lange genug von Schneewehen frei bleiben oder nicht. Das war wieder ein Anliegen, dem heiligen Erzengel Raphael vorzutragen, während Piedro und der Esel sich darauf konzentrierten, auf den Füßen zu bleiben.

Solange sie Mondschein hatten, kamen sie gut voran. Piedros Sandalen schlurften über nackten Fels, und die kleinen Hufe des Esels klapperten hinterdrein. Aber dann schwand das Licht. Ein Blick über die Schulter zurück zeigte Piedro, daß sich Liriels Gesicht hinter Wolken verbarg und daß Catriona ängstlich dreinblickte.

Es begann sacht zu schneien. Der Wind trieb ein paar große Flocken heran. Sie trafen das Gesicht oder einen Ärmel oder den Fels und fielen ab, ohne klebenzubleiben. Andere Flocken folgten, kleiner, aber ebenso trocken. Sie knirschten wie Pulver unter den Füßen, und sie konnten ebensogut von dem Weg weg wie auf ihn geblasen werden. Das Licht wurde durch sie eher zerstreut als verdunkelt, so daß Piedro zwischen einer Wand aus dunklem Fels und einer glatteren Wand aus mattem violettem Mondschein wie durch eine enge Schlucht wanderte. Allerdings konnte nur eine der Wände ihn halten, falls er stolperte und dagegen fiel.

„Vater, werden wir es schaffen?“ fragte Catriona, als sie eine Stunde bergab unterwegs waren.

„Ich bin zuversichtlich, daß wir es schaffen“, antwortete er. „Wir haben die Hälfte des Weges bereits hinter uns. Danach kommt nur noch die Treppe.“

„Wäre es besser, wenn ich abstiege und ginge?“

„Nein. Der Esel ist sicherer auf den Füßen als Ihr. Geht es dem Baby gut?“

„Sieht so aus. Ich habe sie unter dem Mantel, da hat sie es nicht allzu kalt."

Piedro ging weiter, ohne zu antworten. Die „Treppe" am Fuß des Weges, deren letzte Stufen vor den Mauern des Maclidan-Wachtturms endeten, war eine Ansammlung von zerbrochenen Granitblöcken, steiler als der Weg, aber ungefährlicher zu begehen. Leider brauchte man Licht, um sie zu finden, und zwischen dem Untergang Liriels und dem Sonnenaufgang würde mehr als eine Stunde Dunkelheit liegen.

Piedros Füße berührten die Treppe, bevor das Licht erstarb. Die nächsten drei Stufen überwand er nach dem Gedächtnis. Dann verschwand das Bild des rauhen Granits vor seinem geistigen Auge in dem leeren weißen Phosphoreszieren des Schnees. Jetzt mußte er sich den Weg ertasten, die Füße langsam über jede Stufe gleiten lassen, bis er die Kante spürte, den Abstand zur nächsten Stufe prüfen, schließlich den Fuß darauf niedersenken. Zweimal fand er überhaupt keinen Boden unter der Stufe, auf der er stand, mußte umkehren und weiter oben nach einer gangbaren Stelle suchen.

Das zweite Mal blieb er stehen und lehnte sich nach Atem ringend an den zottigen Kopf des Esels. Er durfte nicht aufgeben. Wenn er den Weg nach unten vorsichtig erkundete, würde er letzten Endes auf die Ringmauer des Maclidan-Wachtturms stoßen und ihr folgend auf das Tor. Und in einer Stunde ging die Sonne auf. Er versuchte, nicht daran zu denken, daß der Wind kälter wurde, kalt genug vielleicht, um sogar einen Mönch zu fällen, den die Müdigkeit überwältigte. Ihm blieb nichts übrig, als weiterzumachen. Ihm war weder so viel Atem geblieben, um laut zu beten, noch so viel Konzentration, um es im stillen zu tun. Er wußte auch gar nicht, um was er bitten sollte, noch was es bewirken würde. Er wanderte nicht durch Schnee und Fels, sondern durch die Manifestationen höherer Mächte. Da konnte er nur akzeptieren, daß er sich in ihren Händen befand, und in

Bewegung bleiben, wie sie es ihm erlaubten. Er führte den Esel ein Dutzend Schritte zur Seite über den Sims, auf dem sie sich befanden, und begann von neuem mit dem Abstieg. Und er hörte eine Stimme.

„He, Mann! Nicht da hinunter!"

Piedro blieb stehen. Er traute seinen Ohren nicht. Schritte knirschten durch den Schnee, und wieder ließ sich die Stimme hören: „Da unten ist nichts als ein hundert Fuß tiefer Abgrund. Komm. Gib uns deine Hand." Piedro streckte die Hand aus und fühlte, daß sie von der Hand eines Mannes ergriffen wurde, breit und stark, aber mit glatter Haut wie der eines Edelmannes, und warm.

„Wer seid Ihr?"

„Dein Mitknecht. Vorsicht bei der nächsten Stufe, sie ist hoch."

Piedro machte das Bein lang, trat auf die nächste Stufe und führte den Esel hinunter. Catriona, eingehüllt in ihren Mantel, klammerte sich an den Hals des Tiers und war nur noch ein Bündel aus grobem Stoff. Da Piedro nichts sah als das leere Weiß des Schnees, folgte er der Rettungsleine am Ende seines Arms.

Die Hand, die die seine hielt, war erstaunlich warm. Die Kraft, die in ihn zurückflutete, war ihm ein Maßstab dafür, wie nahe dem Zusammenbruch er gewesen war. Wenn dieser erstaunliche Fremde sich nicht aus dem Schneesturm materialisiert hätte, wäre er vielleicht - er mochte nicht daran denken. Kein anständiger Mönch fürchtete den Tod, doch was wäre aus Catriona und Alanna geworden? Ihm fielen die Worte des Novizen-Meisters ein: „Wir leben unter dem Gesetz in außergewöhnlicher Freiheit. Dagegen hat ein Mann, der mit Frau und Familie in der Welt lebt, dem Schicksal Geiseln gestellt." Bei dem Gedanken, Catriona und Alanna könnten am Fuß der Treppe liegen, drehte sich ihm das Herz um. „Es ist alles gut", erklang die Stimme aus dem Schnee, als habe er laut gesprochen. „Halte dich hier links."

Er hielt sich links und fühlte, daß der Wind nachließ. Er war ins Lee von etwas Hohem und Festem geraten. Die Klippenwand? Nein, bei allen Engeln, es war die Mauer des Wachtturms! „Zwanzig Schritte bringen dich an das Tor", sagte die Stimme, und die warme Hand ließ ihn los.

„Ich danke Euch", rief Piedro in den Wind. „Wer seid Ihr?" Es kam keine Antwort. Er zog an den Zügeln des Esels und ging bis zum Tor weiter.

Die Männer am Tor starrten ihn mit offenem Mund an, wie er da im Dunkeln vor Sonnenaufgang aus dem Schnee auftauchte, nichts als ein Sandalenträger und am Leben. Sie führten ihn samt Esel und Catriona und allem anderen durch die großen Türen. Die Halle war gesteckt voll mit Menschen, den Einwohnern von einem Dutzend Dörfern, die niedergebrannt oder vom Feuer bedroht waren. Die meisten schliefen. Drei große Feuerstellen verbreiteten eine Wärme wie zu Mittsommer. Piedro zog Cariona die Kapuze vom Gesicht und bemerkte mit Erleichterung, daß sie sich aufrichtete und ihn ansah. „Ich träume wieder", sagte sie. „Ich glaubte, Ihr hättet im Schnee mit irgend jemand gesprochen."

„Das habe ich auch", antwortete er. Er half ihr vom Esel und bahnte ihr einen Weg zum Herd. Dort sorgte eine alte Frau für ein paar müde Frauen und schlafende Kinder. Sie setzte Catriona auf eine Matratze am Feuer und gab ihr einen Becher Suppe. „Vater, ich bin sehr froh, Euch zu sehen", erklärte sie. „Seid Ihr ein Heiler? Wir haben Brandwunden hier und Frostbeulen, und sechs oder sieben Leute sind wie betäubt, weil sie nicht wissen, was aus ihren Verwandten geworden ist."

„Ich bin ungefähr zwei Drittel von einem Heiler", lächelte er. „Vater Colin ist noch nicht fertig mit mir. Ich werde tun, was ich kann. Laßt jemanden meinem Esel die Satteltaschen abnehmen."

Catriona knöpfte Alannas Sack auf, um die Wärme einzulassen. „Mit wem habt Ihr denn nun gesprochen?" wollte sie wissen. „Wieder mit dem heiligen Raphael?"

„Vielleicht", sagte er. „Wer es auch war, er erschien aus dem Nichts und führte mich an die Ringmauer. Vielleicht einer der Waldhüter, der zum Wachtturm gehört."

„Ausgeschlossen", erklärte die alte Frau und gab Piedro auch einen Becher Suppe. „Keiner von unsren Leuten ist draußen. Aber es soll ein *Laranzu* jenseits des Kammes in Corbie sein, der den Schnee auf das Feuer heruntergeholt hat. Sie können merkwürdige Dinge tun, in der Überwelt umherwandern und ich weiß nicht, was sonst noch. Sicher hat er seinen Geist ausgeschickt, Euch zu suchen und herzubringen; das wird die Antwort sein."

„Vielleicht", meinte Piedro. Er trank seine Suppe, die er im Grunde nicht brauchte. Er dachte an die Wärme, die von dem Fremden im Schnee ausgeströmt war. Aber ihm lag nichts an einer Diskussion über die Unterschiedlichen Kräfte von *Laranzu'in* und ...

Ein gewaltiges Brüllen erhob sich wie das eines liebeskranken Ya-Mannes, der Catrionas Namen rief, und ein großer, schwarzbärtiger Mann riß sie in seine Arme. Mikhail, denn offensichtlich war er es, sank auf die Matratze zu seiner Frau nieder, barg sein stoppeliges Gesicht an ihrem Hals und weinte. Schnell hob Piedro Alanna hoch, bevor sich jemand auf sie setzte.

Sie war wieder wach und sah Piedro mit ihren blaugrünen Augen beinahe an. „Dein Vater, mein Liebes", erklärte er ihr. „Ich werde dich später mit ihm bekannt machen." Er fand auf der Herdeinfassung eine fußbreite freie Stelle und setzte sich.

Zu seinen Füßen lagen zwei größere Kinder. Mikhail

hatte sie mit seinem Freudenausbruch aufgeweckt. Das kleine Mädchen, das weinte, war ungefähr fünf, der vielleicht neunjährige Junge versuchte, sie zu trösten. Beide hatten Ähnlichkeit mit Catriona. Schließlich brachte der Junge seine Schwester zu der Stelle, wo ihre Eltern, sich immer noch umschlungen haltend, auf der Matratze saßen, und half ihr, auf Catrionas Schoß zu klettern. Dann kehrte er zu Piedro zurück.

„Ich bin Brion, Mikhails Sohn", sagte er. „Ich danke Euch, Vater, daß Ihr für Mama gesorgt habt."

„Ich habe es gern getan", erwiderte er. „Das da ist deine neue Schwester Alanna."

Brions Blick streifte sie kurz. „Ich habe schon eine Schwester. Na gut."

„Wie alt bist du, Brion?"

„Acht. Aber man hat mich heute bei der Brandbekämpfung für zehn gehalten." Er hob den Arm und zeigte Piedro eine schlimme Brandwunde, die über den Handrücken und den Unterarm lief.

„Das hättest du nicht machen sollen, auch wenn du groß für dein Alter bist. Laß mich die Wunde verbinden."

„Es tut nicht sehr weh."

„Wenn du die Arbeit eines Mannes verrichten willst, mußt du auch gehorchen wie ein Mann und tun, was dein Heiler dir sagt. Ah, ich danke Euch, Tochter." Die alte Frau hatte seine Satteltaschen gebracht. *(Und diese „Tochter" ist alt genug, meine Großmutter zu sein,* dachte er. *Was kümmert es mich? Der heilige Raphael hat mich aus dem Sturm geführt!)* „Ich will diese Wunde verbinden und dann zu den anderen gehen. Brion, wie heißt deine Schwester? Die andere."

„Marguerida."

„Marguerida, möchtest du deine kleine Schwester halten?" Er brachte Marguerida neben ihrer Mutter auf der Matratze unter und legte ihr Alanna auf den Schoß.

Das kleine Mädchen zeigte ihm ein zauberhaftes Lächeln. „Oh! Das Baby ist s-ü-ü-ß."

„Ganz recht." Er ging wieder zu Brion, holte die Tasche mit Salben und Verbandszeug aus der Tiefe der Satteltasche hervor und verband den Arm des Jungen. „Laß das so, und ich sehe es mir wieder an, wenn ich in ein paar Tage noch hier bin." Endlich ging die Sonne über den Hellers auf. Licht ergoß sich über die Hänge unterhalb des Maclidan-Wachtturms. Dort kamen ein Tal und ein Hügel und noch ein Tal und dann der lange Aufstieg nach Nevarsin.

„Hier entlang, Vater, wenn Ihr fertig seid." Er folgte der alten Frau durch die Halle zu einem stöhnenden Mann, dessen eine Körperseite ganz verbrannt war.

„Vater, macht, daß es aufhört."

„Ruhig, mein Sohn. Das hier wird den Schmerz betäuben."

Vater Piedro machte sich kniend an seine Arbeit. Er dachte jetzt kaum noch an die Begegnung im Schnee, obwohl er dem Vater Meister später würde davon berichten müssen. Seine Söhne und Töchter brauchten seine Fürsorge. *Ja, die Unfruchtbare hat sieben geboren,* ging es ihm durch den Kopf, *und die viele Kinder hatte, hat abgenommen.* Er würde es umformulieren müssen.

„Tochter, ich brauche steriles Wasser. Versteht Ihr mich? Kocht das Wasser, deckt es zu und laßt es abkühlen."

Ja, der Geweihte hat viele Kinder ... Nein, das Versmaß war nicht richtig. Ihm würde schon etwas einfallen. Er hatte Zeit.

Douglas Adams

Ullstein

Per Anhalter durch die Galaxis
Ullstein Buch 22491

Das Restaurant am Ende des Universums
Ullstein Buch 22492

Das Leben, das Universum und der ganze Rest
Ullstein Buch 22493

Macht's gut, und danke für den Fisch
Ullstein Buch 22494

»Eine bunte Parodie auf so ziemlich alle Klischees der Science Fiction ... Ein Trommelfeuer wirklich komischer Gags ... Ein echtes Lesevergnügen.«
Science Fiction Times

Barbara Cartland, 1991

Foto: Ullstein Camera Press Ltd.

»Königin der Romantik«

Barbara Cartland ist die nach Agatha Christie am häufigsten übersetzte Autorin der Welt. Übertroffen wird sie nur von der Bibel und von Lenin. 370 ihrer Bücher sind in einer Auflage von mehr als 400 Millionen Exemplaren weltweit verbreitet.